人呢

亦舒

（一）他不是結婚對象

王靈通坐在殷律師會客室已有一段時間。

約二十分鐘吧，秘書出來過兩次，再三致歉，並且斟出大杯咖啡與小餅乾招待。

靈通道謝：「你就別客氣了，我在殷師處都擁有私人咖啡，熟客，你別騷擾她開會。」

秘書低聲說：「兄妹爭產。」

靈通點點頭。

世人都道神仙好，惟有金銀忘不了，爭！

小餅乾裏有椰絲，靈通想起妹妹不吃椰絲椰汁。

這時門一響，會議結束，出來了，中年一男一女，相貌相似，可見本是同根生，氣昂昂，緊繃面孔，一臉傲相，非常不耐煩，可見談判失敗。

兩人衣着華麗，男子身上一件駱駝色威孔那大衣，那料子名貴到已經極難買得到。

女子不管環保人士想什麼，紫貂大衣裁成搖擺款子，急步走過有一陣風，氣燄。

雙方律師助手秘書等人忽忽尾隨，就這樣離去，殷律師最後出來。一見靈通，立刻招呼：「你們作死，不叫我一聲，也好叫我快些脫離負氣壓。」

靈通忙站起，「別客氣了。」

「貴人踏賤地，何事，約我吃茶不就行了。」

「我確有事。」

「你一踏進律師樓，就得按時收費。」

「自然。」

「那麼，到我辦公室，剛才那堆人，起碼三人尚未戒煙，燻壞人。」

「你豎一個牌子：嚴禁吸煙。」

「那些人，會把我皮子剝下當大衣穿。」

她倆在私人辦公室坐下。

改喝威士忌。

靈通說：「把那瓶皇室敬禮取出。」

「不行，你一喝就半瓶，當是可樂，那還是金庸送我的酒，留着當紀念。」

殷師取出黑牌尊尼走路。

「欺人太甚。」

「我還有一瓶東洋人的芭蕉之途。」

「殷師，天大的事，求你幫忙。」

「我就知道，你要結婚了，要做婚前財產協議。」

靈通嘆口氣，「比這更慘，我妹妹靈犀要結婚。」

這話一出，連殷律師都低呼，「啊，靈犀。」

靈通忽覺頭皮發麻，雙手亂搔一通。

「是個怎麼樣的人。」

靈通索性把外套鞋子都脫掉，先喝一大口酒，才自公事包中取出一張黑白照，遞給殷師，殷師打起精神，金睛火眼，全神貫注細看。

「啊，」她又驚嘆一聲。

那不過是一張四乘六平面黑白照片，不知為什麼，採用黑白底片，捨棄彩色。

相中是一年輕男子，黑色上衣，一頭長鬈髮，輕舉十指纖長雙手，作跳舞姿勢。

啊那張側着的臉——世上自有比他更劍眉星目的男人，但那是一張有無限感性面孔，雙目半垂，充滿嫵媚，像在示意：你過來，走近，與我共舞，眼神略有挑逗，卻不越線，嘴角微微牽動，只一點點笑意，稍微豐滿上唇蓄小髭髭。

殷師不知道一張照片可以表露這許多情愫。

過來，不怕，他傳達他的意思：過來。

殷師急急放下照片。

她輕輕説：「可怕。」

世上竟有那樣漂亮到魅惑的人。

殷師的思潮忽然飛往老遠。

啊，她也曾見過類似的男子。

那年，她十七歲，在歐洲度假，即將赴陰冷英國讀文學再升法律科。那天下午，巴塞隆那艷陽夏日，她雙臂已曬到龍蝦那樣顏色，卻還捨不得離開，擠進廣場看即興舞蹈表演。

想到這裏，殷師的心神牽動，啊，是懷舊，不，是懷舊引起的痛楚感覺。

她看到廣場中央有幾名年輕男子起舞，他們身段與相貌俊美，急促舞步動感曼妙，其中一人，幾乎即時看到亞裔少女清靈目光。

他微微牽嘴角，張開手掌十指，像又不像向她招手：來，我教你，不怕，你不會後悔，一分鐘的快活也就是一分鐘的快活，不要錯過懊惱。

她清晰記得，他左腕戴着兩枚金鐲子叮叮響。

她只猶疑了一秒鐘，已另有少女撲上，接着他的手，哈哈笑，與他一起扭動身體，舞將起來。

她只得面紅耳赤走開，到廣場噴泉邊掬水敷臉，聽到人群呼喊：巴塞隆那，巴塞隆那，這城市名字本身就像一句詩歌。

殷師忽然淚盈於睫。

以後，每逢在橫風橫雨攝氏零下五六度氣溫，死背某某VS某某案子，都會想到那熾白陽光與那年輕男子的鬈髮鬍髭，以及似笑非笑臉龐。

是一個陌生男子，照亮了她青春的回憶。

「殷師，殷師。」

她這才自回憶抽離。

緩緩地，心不由己地說：「太漂亮了一點，你見過他本人？」

靈通搖頭。

「比照片更好看？」

靈通答：「不知。」

「什麼來歷。」

「惡名昭彰。」

「猜想也是。」

「家母命我查一查他。」

「老式人最喜查根問底，起人十八代家宅。」

「依你說，不聞不問。」

「結一次婚也好，不管誰欠誰，今世該還的債總該還清。」

「呸，這是什麼屁話。」

「怕什麼，你倆兩朵姐妹花，無論遭何種劫難，衣食住行與青山都依舊在。」

「眼淚呢，傷透的心呢。」

殷師輕輕答：「我一向不信這些。」

「名聲呢。」

殷師露出老大不懷好意笑臉，像愛麗絲夢遊仙境中那隻切夏貓，「王靈犀吃自家的飯，管別人什麼說什麼。」

真確，都不過是妒忌罷了。

「跟這位先生一起，必定樂趣無窮。」

「我就這樣回覆家母嗎？」

殷師站立嘆口氣。

「幫我介紹一個私家偵探，我知你麾下有可靠人選。」

殷師按一下通話器，「請小郭過來一下。」

「什麼，小郭這下子還未成老郭？」

「是老郭的侄孫，青出於藍，年輕有為，聰明懂事。」

原來如此。

立刻有人敲門進來。

那是一個其貌不揚但精神奕奕的年輕人，卡其褲白襯衫，大學門口好幾百個都那種樣子。

殷師這樣說：「王小姐要求查一查這個人。」

把照片遞給小郭。

小郭一邊說「王小姐你好」，一邊看照片，他也「啊」一聲。

就叫他啊先生吧，人人看了都啊一聲。

殷師出去了。

小郭輕輕說：「王小姐，我認識這個人，他叫冷子興，他是我大學師兄。」

靈通不得不又啊的一聲。

「這人很有些——王小姐，恕我問一句，他可是你新男友。」

「他是舍妹未婚夫，小郭，你有話儘管說。」

「是這樣的，我倆曾同室一學期，不久他找到公寓，搬了出去。他對我相當照顧，有時我忙着找外快，來不及寫報告，他自動代勞，我至今十分感激。他這個人，不但女生愛慕，男生也十分喜歡他。」

「為什麼。」

「他漂亮、能幹、聰明、有器量，喜幫人、慷慨、仗義，都是優點。」

「這麼好。」

有點憨氣的小郭答：「是呀，我時時想約他出來喝一杯，他總說酒館太吵，餐館太油膩，說找到時間，自家做一兩個菜，在家請我。可是你看，此刻又訂了婚，哪裏還有時間。」

靈通不禁微笑。

這時殷師推門進來為他們添咖啡，「喂，小郭，律師樓每小時算費用，你長篇大論說個沒完——罷，再給你十分鐘。」

「對不起，我有多嘴毛病。」

靈通安慰他：「不妨不妨，你說，你說。」

小郭站起，「子興還有一個人類本應有但罕見的美德。」

「是什麼？」

「他間談不說是非，不像我這條多嘴街，他尤其對過去女伴守口如瓶，一字不透。」

靈通動容。

這就極之難得了，她不禁肅然起敬。

對女伴說三道四最無品格，人家白白投出感情，非但得不到好報，十年八載後還要叫他唱通街，替他撐場面？真正下流。

冷某有道理，靈通不住點頭。

「那，冷先生為何在外名聲欠佳？」

小郭笑一笑，「下次再說，我先去替你打聽他目前蹤跡。」

「不說不准走。」

小郭搔頭。

他低聲說：「子興喜歡某一類女子。」

靈通拉長臉，這是什麼意思？靈犀可有紕漏？

「他選女友，主要必需有妝奩，所以女方家長都不大高興。」

原來如此。

靈通忐忑，是貪靈犀私房錢？

「王小姐，我先告辭。」

殷師像是聽到最後那句話。

她放下一疊文件，一邊問：「令妹有多少嫁妝？」

「與我同等。」

「喲，那真是不大不小一筆數目。」

「能花的話，三五年間可以掏空。」

「說起也是，如今連坊間小伙子都似吃夠大蒜，口氣大得噴人，時常愛說當下一百萬不是大數目，可是年輕人每月儲蓄一萬，十年才能達到百萬，他們做得到嗎。」

靈通無言，怎好同伊們計較。

「不過，如果沒有妝奩，若干女子會變得物質慾望無窮，除出衣食住行，一支釵一隻碗都問男方要。我知道有個新娘子，連夫家的熨斗都扒去不還，真正可怕，日後，她娘家兄弟學費、汽車、住宅，莫不問姐夫要。」

靈通也聽說有如此可怕的事。

「雙方都沒有這樣親友，那才好。」

靈通苦笑，「你看，今日累你都變三姑六婆。」

「你與令堂都別操勞了。」

「可是靈犀若有什麼三長兩短，揹黑鍋還不是我倆。」

「太悲觀，難道，都還不結婚嗎？」

靈通忽然毛躁，「吃虧的都是女子。」

「我介紹幾個由丈夫第一份薪水吃到退休最後一份薪水的女子給你認識，她們上街，不帶錢包。」

靈通站起告辭。

殷師送到門口。

司機在樓下等：「大小姐，我馬上把車子開過來，太太請你去馬歡容醫生處與她會合。」

看，的確要有妝奩。

「我要回公司見客。」

「太太說，知你事忙，但只要你騰出十分鐘。」

靈通看看時間：「她吃過下午點心沒有？」

「已經叫阿喜送了去。」

車子在一個紅燈面前已經塞了十分鐘。

靈通說：「我下車步行。」

司機樂叔笑，「大小姐真心急，你看，下雨啦。」

總算捱到醫務所，阿喜撐傘迎出，接過外套，帶大小姐進診所。

王母聽到腳步聲，轉過頭來。

靈通一看，吸口氣，走近兩步。

王母問：「怎樣？」

靈通細細打量，「我的天，不認得了，巧奪天工。」

馬醫生得意微笑。

靈通說：「簡直鬼斧神工，怎麼看都不像九十九歲，我倒像是您老的媽媽。」

王母大笑，「去你的！」

「唉，還能大笑，馬醫生，在下五體投地，八位數字都值得。」

馬醫生笑着出去。

靈通輕輕撫摸母親臉皮，「痛嗎？」

「死去活來。」

「值得嗎？」

王母忽然掛下臉，「不知道。」

「其實你並非雞皮鶴髮。」

「可怕啊，靈通，年老真不划算。」

「生命才真正不值得。」

「才三十多歲的你都這麼說，我們真早死早着。」

「噓，噓。」

「對，叫你打聽，怎麼樣？」

「我們回家才講。」

「陪我去喝茶。」

「隔牆有耳。」

阿喜已收拾瓷碗，有剩下的冰糖白木耳燉木瓜。

靈通取過一喝而盡，「我得回公司。」

王母說：「你活脫變粗胚。」

「是，王母，是。」

車裏，王母還是說個不停。

「那人可是拆白黨？看你表情，雖不中亦不遠矣。」

「人是有點毛病。」

「我聽人說是吃喝嫖蕩吹門門都精。」

「不是那樣。」

「我也有耳目，據說他擇女友的條件是（一）年紀比他大，（二）會喝酒，（三）有錢。」

靈通忽然笑，「不，不是那樣。」

「看來，由我出場還差不多。」

「媽媽——」

王母氣得不得了。

「樂叔，請駛往我公司。」

停一停，「他肯定比靈犀大幾歲。」

「女方年幼，容易騙呀。」

「我的看法是，隨得靈犀——」

「不行，我要見這個人。」

「你還沒有見過真人？」

「叫他送花送糖果，陪我閒談，把身世告訴我——」

「母親，你心理變態。」

幸虧公司到了。

靈通抓起已穿得像老陳皮的外套，嘆口氣，走上辦公室。

把外套交給秘書，「用蒸氣熨一熨。」

她隨即找二小姐靈犀。

二小姐夠詼諧，學着大姐鐵板聲音，「靈犀，那不是一個好男子，他不適合做丈夫。」

大小姐索性接上：「玩個一年半載讓予別人享受也就足夠。」

「子興希望結婚。」

「你出來我們面對面談。」

「他就在我身邊，你對他講。」

靈通忽然警惕，啪一聲放下電話。

這男子，她沒有忘記他攝人眼神。

稍後秘書美麗進來，「外套已經不可收拾，我叫店裏另外送兩套過來。」

「美麗，沒了你怎麼辦。」

美麗笑着出去。

助手俊彥進來。

靈通選手下，絕對挑相貌姣好無不良嗜好者，食色性也，為什麼要揀鐘樓駝子。

但是這俊彥，是很登樣，不過，偏偏沒有冷子興那種眼神。

靈通托着頭，有點頭痛。

她當下對助手說：「出通告，以後所有報告，限在廿五個字內。」

「王小姐，這——」

「那麼三十字。」

「五十字可以嗎？」

「三十五字，連一本紅樓夢都可以節約。」

「我不信，我也讀過紅樓夢。」

靈通想一想：「唉，那即是『身後有餘忘縮手，眼前無路想回頭』，如再不明白，背一背《好了歌》。」

他嗒然。

美麗在走廊悄悄對他說：「大小姐已修煉得道，指日飛升。」

「不過失戀一次而已。」

足以致命。

倘若過一陣子便不痛不癢，那不過是過眼雲煙。

晚上，靈犀赴大姐約。

她穿一件破洞毛衣，一條穿孔粗布褲，洋洋灑灑，披長大衣，那衣腳落到地上，成寸污泥。

靈通心想，似叫化子。

「我知你腹誹我什麼。」

「明知故犯。」

「此刻流行。」

「才怪，毛衫是那位先生穿剩的可是——唉，我沒空與你說那些，某先生，真不是結婚對象。」

靈犀帶着一罐食物，打開香氣撲鼻，靈通忍不住問：「是什麼肉香？」

「東坡肉。」

靈犀找到白飯，盛出一大碗，夾上兩塊半肥瘦半透明赤色豬肉，送到姐姐面前。

「某先生親手炮製。」

靈通連忙扒飯，「唔，唔，哪家飯店外賣？」

什麼？

「很簡單，一隻壓力鍋，一斤肥豬肉切方塊，加上蒜、葱、薑，與冰糖，煮三十分鐘。」

「他會煮食？」

「他擁有不知幾許不為人知的秘技。」

靈犀狀甚陶醉。

靈通放下筷子，「但，他仍然不是結婚對象。」

「你們怕什麼？」

「怕你一時失策，人財兩失。」

靈通以為妹妹會得努力辯駁，這次，可要舌劍唇槍了，但是她，她團在沙發椅上像一隻疲乏的貓，垂頭說：「我也知可能會那樣。」

啊，可憐。

「趁身後有餘要縮手。」

「你呢，大姐，你自家做得到否？」

「我倆是意見不合。」

「暢哥不過是問你貸款開一爿書店，你便與他分手。」

「不是那樣。」

「當然是因財失義，到此刻你還懊悔是否？」

「別說我的事，阿暢可沒有吃喝嫖賭。」

靈犀微笑，「本市人人嗜吃嗜喝，子興不嫖也不賭。」

「我聽到不是那樣，他一副棋輸掉一部保時捷。」

「我也聽說過，」靈犀笑，「朋友說那是一輛摩托。」

「你不反對。」

「又不是我的車子，我也是聽說的：他前妻生氣得不得了。」

「他還有前妻！」

「多數人都有前妻或前夫。」

「離婚手續辦清沒有。」

「又不是我離婚，我不知道。」

「你太糊塗了，你簡直混吉！」

「我知道我在做什麼。」

「你知道？給你添一張地圖與一把強力放大鏡，你還找不到你的屁股在何方！」

靈犀站起，「說完了？說完我走啦。」

「靈犀。」

「姐，我只想快樂一會子。」

「在家你有什麼不樂？」

「明知故問，你知道不一樣。」

靈通已不知說什麼才好。

她已盡責任。

「姐，說你永遠愛我。」

「那也得看你折騰到什麼地步。」

「不管怎樣。」

「房產無論如何不可變賣。」

「這我明白。」

「他會來接你？我去看看他的真相。」

「他不在本市。」

「到什麼地方，不用籌備婚禮？」

「在科迪亞克群島追蹤柯狄埃熊生態。」

「他幹什麼職業？」

「同我一樣，無業。」

靈通坐倒，忽然心生妒忌。

「他父母不說話？」

「他沒有父母。」

「你有爸媽。」

「我爸再婚已經十年，兩個兒子才七歲與八歲，他忙得不可開交，我最近見過他，肥了一百磅，託我為兩個小兒子找英國寄宿學校。」

「怎麼會找到你？」

「不是我，是冷先生，他們一家三代都在英國某私立名寄宿男校出身，曾經捐出圖書館與獎學金，保送牛津，爸的妻子覬覦，逼着爸來游說。」

「她又怎麼知道？」

「這個城有多大。」靈犀打個呵欠。

靈通指着她：「你，你不可服藥。」

靈犀答：「我亦不是傻子，我亦半睜半隻眼睛，所以也有痛苦時刻，但快活中有苦楚，卻更加刺激。」

她已失救。

「你與暢哥，其實是愛對方不夠，哈哈哈哈。」

靈通叫她換過一件乾淨大衣才離去。

來接她又是另外一個小伙子。

兩人棋逢敵手。

誰也不是省油的燈。

臨上車，靈犀伸手招姐姐。

「替你介紹，這是子興弟弟子隆。」

那小子特地自駕駛位下車與靈通招呼：「大姐好。」

大姐沒料到還有這個如此斯文有禮的冷子隆。

當然，越是魔鬼才最動人體貼，否則如何引誘人家交心交靈魂。

靈犀說：「下次一起吃茶。」

靈通忽然看到冷子隆戴着一副植入式助聽器，啊，子隆是聽障兒。

她意外，嘴裏平靜地說：「照顧好靈犀，慢車。」

年輕的子隆笑着上車。

子隆眉清目秀，有股溫文爾雅氣質，討人歡喜，兄弟倆都好看到極致。

靈通拍拍胸口：幸虧，幸虧靈犀也長得漂亮。

她回到家中。

老媽電話追至。

「我在你樓下，方便上來嗎？」

「靈犀剛走。」

「我看到，那年輕男子是某先生嗎？」

「是他兄弟。」

「還有兄弟！」

王母進門來，要茶要水，自家動手，摔了杯子，掉了碟子，靈通連忙叫她坐下。

「白說？」

靈通頷首。

「交魔苦運。」

「她很開心。」

「起初一定有甜頭，否則，誰會乖乖踩下陷阱。」

靈通想到她那位暢先生，提出做小書店，專售文學作品，一般坊間買不到那些陽春白雪，提出地方要寬敞，開出一部份做榻榻米憩息室，與知己友好談文學時輕鬆些……最後，建議把那個會所買下來，寫兩個人的名字。

是如此疏遠的吧。

她見過暢先生那些屬靈的文字朋友，讓他們進來，恐怕會躺着不走，書店很快成為宿舍，吃飯沐浴，自由自在，暢談文學——

都由王靈通付賬。

「那麼，」暢先生說：「你可是想我一輩子在三流大學教三兩堂書過一生嗎？」

本來靈通不介意過清淡平和日子，家用不足，她有義務補貼一下，兩人看書聊天，與親友同聚，有空雲遊四海，不亦樂乎。

但是暢先生有志向，他不甘雌伏，突然興發，要攬團體，當然，他出地方茶水，他做領班。

可以猜想，一定做得亂七八糟，一大堆食客，天天空談，烏煙瘴氣。

漸漸疏遠。

很快他認識一個願意投資的女子，真的咬緊牙關拿錢出來給他辦一個暢先生工作室，聽說大夥還嫌地方小：「原來構思起碼有兩千平方呎……」

不久，還有許多「聽說」，但靈通已無興趣，耳朵需要保護，聽那麼多流言無益，但聽說，還是聽說了，工作室極快結束，二人分手。

靈通鬆口氣，但並不慶幸，代暢先生可惜，本來如果嚴肅地做，可能是個好主意，但他旨在威武地遊戲，結果如此。

自此，完全失去聯絡。

靈通不少男朋友。

約會時，十五分鐘後，她便用左手撐着頭，就差沒打呵欠。

無論對方說什麼都沒有興趣：天文地理，國家政治，人事經濟，名人瑣事，對方也不過是讀報所得，她也有訂報，也看得仔細。

有一個是紅酒專家。

靈通說：「我不喝紅酒。」

「我教你。」

「酒逢知己千杯少。」

他還不明白，靈通站起告辭。

這副臭臉很快傳開，奇怪，約會的人更多，好奇嘛，不過，靈通不再出去。

沒到幾天，殷師找。

「有消息了？」

「不比你已知的更多，小郭因與冷子興先生是熟人，不好意思說太多，報告在這裏，你自己取去看吧。」

「你陪我。」

「由我讀出，那是要按時收費。」殷師忘不了按時收費。

「不妨。」

「你不要揮霍。」

「我才沒有。」

「丈八燈台，照到令妹，照不到自身，聽說聖誕節你給敝律師樓每個伙計各送名牌大衣一件。」

「應該的，大家高興。」

半小時後，靈通帶了果子點心到殷師處大家高興。

她說：「我喜歡小郭。」

「他到倫敦去進一步調查冷子興先生。」

「其實不必，靈犀已決定結婚。」

「子興先生有三個同父異母兄弟。」

這麼好生養。

「其中一個小弟，天生失聰。」

「我見過，十分可愛，廿歲左右，一看就知道受良好教養，懂得進退，與靈犀和洽，做她司機。」

「啊，失聰可以駕駛嗎？」

「他佩戴零件。」

「可惜。」

「嘆人間美中不足今方信。」

「子興先生有安格魯薩森血統，冷家對他公平看待，其餘兄弟也待他不錯，如今，是他帶着么弟生活，想必也會進牛津讀幾年。」

「冷先生有學歷，為何不工作。」

「可以不工作，何必工作，你很喜歡工作嗎。」

「那多可惜。」

殷師回她一句：「嘆人間美中不足今方信。」

「下面還有兩句。」

殷師給她續上：「縱然是齊眉舉案，到底意難平。」

「你此刻生意蒸蒸日上，還有什麼不平。」

「苦苦一級級爬上——」

「說冷子興。」

「他結過一次婚。」

「為什麼離異。」

「不可冰釋誤會。」

「何種誤會。」

「他喜遊蕩，常常失蹤一頭半個月不見影蹤，某次，不見半個月，找都找不到，報了警。」

啊，新鮮。

「待他再度現身，離婚文件已在等他。」

「他去了何處？」

「開頭以為是冶遊，如此倜儻的一個男子，她也眼開眼閉，只要不把傳染病帶回家，原來不是。」

「那，去了何處？」

「跟一位遊蕩專家英籍愛丁堡羅爵士去婆羅洲看共三十多種新發現昆蟲，在國家地理雜誌發表報告，有幾種看了毛骨悚然，像外太空生物。」

靈通發獃。

「好一個風流人物，只是，不適合做丈夫。」

「那位著名愛丁堡羅爵士，據說也時時失蹤一年半載，丟下賢妻，漫遊列國，但妻子逝世，他又深深懺悔，現在，很少出門了，機會難得。」

「冷先生也許下次會跟伊朗麥斯克上火星。」

「你猜得不錯，他已付訂洋，與一日本生意人爭空位。」

「可會帶靈犀。」

「我想女方不願接受嚴格體訓。」

「去多久？」

「也許不回來。」

「錢就是這樣花光的吧？」

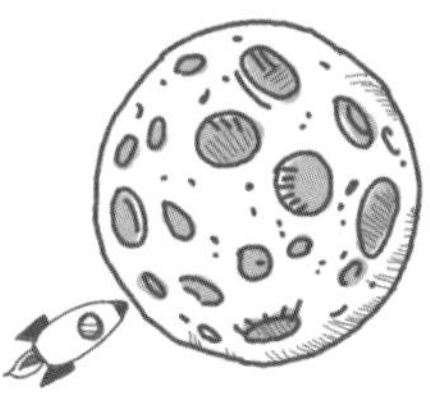

「多多還不夠呢。」

「你擔心靈犀那一份嫁妝。」

靈通不出聲。

「沒想到冷先生是如此一個遊俠兒。」

「我倒最欣賞他不多話。」

「是，這也最最難得。」

「只有最沒有骨頭的男子才把前頭人的名字掛嘴邊炫耀，好像他一生成就便是認識過那女子。」

靈通感喟：「他不嫌王靈犀孩子氣。」

「真正，不是偽裝的孩子氣極其可愛。」

「她連煮雞蛋也不會。」

「那是疏於學習，並非天真。」

「還有無其他新聞？」

「與謠傳中的吃喝嫖賭有一點距離。」

「那麼，小郭往倫敦查什麼？」

「查他有無男性朋友。」

靈通輕輕說：「靈犀也不會介意。」

「那麼，他們是很好一對。」

報告還附有幾張照片。

一張是靈犀躲在他長大衣內兩人合穿一件衣服親熱照。

殷師說：「可恨我真的無法拋卻理智去喜歡一個那樣的不羈男子，看看都驚心。」

苦學出身，慘淡經營半生的她，哪肯把心血時間付之一炬。

「那人有個可愛的兄弟，見到陌生人還有點羞怯，難得，世上充滿老皮老肉，四十多歲還自稱男孩子的阿叔。」

過兩日，殷師找靈通，「小郭回來了。」

「另有新消息。」

「是，見面談比較妥當。」

「到你辦公室，讓小郭帶一鍋鮮味店的著名及第粥。」

殷師竟沒有反對，她語氣中帶有同情意味，靈通約莫猜到，小郭帶來的大概不是好消息。

到了辦公室十分鐘，小郭才提着熱辣辣粥麵上來。

「大家分着吃。」

小郭邊喝啤酒邊說：「這次我請客。」

「是什麼壞消息？」

「不是壞，冷子興，他絕對不是壞人，他只是有異常人。」

「請說下去。」

「我在倫敦明查暗訪，終於得到結果，他在凱盛頓有一個家。」

還不算壞？

當然是壞。

「——一幢二次大戰後建造的三層樓白色磚屋，極之寬敞——」

「你還去過？」

「我冒充煤氣工人進入，它本來是一幢小酒店，每層三間房，裝修別致無二，冷先生買了下來，分租給一男一女。」

靈通一聽，知道壞得不能再壞。

「他們三人同居。」

「可是各管各。」

「不，同居，三人就那樣住在一起，無分彼此，相敬相愛。」

「小郭，你誤會了吧。」

「不，他們三人關係相當公開。」

殷師與靈通無語。

「不是你倆想像那般猥瑣。」

「我為我的想像力致歉。」

「在英國，這種關係並不罕見，早在——你知道詩人拜倫？他與雪萊，以及雪萊妻子瑪麗雪萊，便是三人一起生活。又前瑪嘉烈公主夫婿史諾頓，這人也與一對夫妻共同生活，傳說並育有私生子——」

靈通雙手捧頭。

殷師說：「這冷先生還有前妻，此刻又打算結婚。」

「是。」

「他前妻可知此一男一女。」

「我不知道。」

「靈犀呢？」

「未有證實。」

「這一男一女生活可是由冷先生負責？」

「不是你們想像，那男子是大學教授，我一次與他相遇，真正從未見過那麼儒雅漂亮的英籍男子，穿着品味低調斯文，與人說話，聲線極低，只略見傲氣，伊出身貴族，只是父親那邊辭卻名銜，他祖母是女皇表姐，一位郡主。」

靈通聽得發獃。

「女子呢？」

「不是明星，不是歌星，亦非模特兒，她是畫家，專畫人像，我去畫廊看過，她正展出二次大戰僅餘老兵肖像，非常動人，絕非浪得虛名名媛。」

「這樣說起來，不是冷子興還配不上他們。」

「說對啦。」

「子興為何老是結婚。」

「不知道。」

「他是想要子女吧。」

殷師忽然說：「我們三人也算知識分子，背後如此議論冷氏私隱，好似有點失格。」

小郭說：「當初我也這麼想，可是現在又覺得無妨，此刻我們彷彿在研究某種與尋常不一樣的一夫多妻，或是一妻多夫現象。」

「恕我不能想像。」

「敢問那教授主持什麼科目。」

「物理，書房有一張放大一九二七年拍攝照片，坐滿當代最著名物理學家如愛因斯坦、波爾、居禮……」

「這樣人才，如果沒有後代，未免可惜。」

這時小郭遞上手機，展示熒屏上照片。

靈通取過看，只見一個熟口熟面的西裝阿伯正與女藝術家參觀人像展。臭臉阿伯恁地熟面口。

小郭說：「是查爾斯。」

靈通把注意力放在畫像，畫師把耄耋穿軍服佩勳章老兵畫得栩栩如生，眼神中英勇餘燼與嘴角毅奮力量如躍紙而出，叫觀眾寒毛豎起。

「好筆力！」

那畫家被一頭拉斐爾前派畫中人似紅色長鬈髮遮住面龐，看不清楚，身段苗條，想必是美人。

啊，殷師嘆息。

「請不要覺得他們是妖怪。」

「靈犀，可是要參加他們三人組。」

小郭說：「太多我未能解決的問題。」

「那么弟子隆——」

「子隆與我們一樣，是凡人。」

「這幾個人，如何報戶口？」

「這就叫人羨慕了，完全獨立，灑脫，文書上一點關係也無。」

「在一起已經多久？」

「五年以上。」

殷師說：「我不能置評。」

小郭舉手，「我也是。」

「那很好，不對不瞭解的事發表意見，是良知之舉。」

「不知為不知，是知也。」

他們這三人組直喝了一打啤酒。

不到一個星期，靈犀要出發往英國註冊結婚。

「我們都還沒見過那個人。」

「回來再見。」

「再聲名狼藉，也得見家人。」

靈犀只是笑，像是巴不得要插翅飛過去模樣。

「要什麼，阿姐送你。」

「我潦倒時收留我。」

「這是什麼話，你必不可把房產變賣。」

「我愛你阿姐。」

「我也愛你阿妹。」

只得手提行李就被阿姐送上飛機。

王母氣炸肺。

「別人得女婿，什麼都有了：半子、銀主、伙計、長工、伴酒、陪飯、撐腰、話事。我們家？連面長面短都不知道！」

他真不是普通人。

「靈犀有得苦吃。」

一日，靈通正忙得不可開交，秘書說有人找她。

「誰？」

「沒有預約，是一位英俊儒雅的小兄弟。」

靈通只認識一個那樣的人。

她連忙走出，「子隆，怎麼是你。」

子隆趨前說：「我要往寄宿讀書，大哥叫我向阿姐道別。」

「電話通知不就可以。」

「我也想見阿姐。」

「子與他們好嗎？」

「一切安好。」

「你這次是去讀預科？」

「我先去清華。」

「啊，你會普通話？」

「正在惡補呢。」

「我秘書華美正要上京辦事，她可以陪你安頓。」

「不，不，大姐，同學會取笑。」

「至少與華美談一下，華美，華美，請進來。」

各人前程，都走啦，剩靈通一人。

啊，還有殷師。

彼此都希望對方找不到對象，否則才真曉得什麼叫孤單。

「不如我們也搬到一起住。」

「對，再找一個男人，完滿一家三口。」

華美送冷子隆上學回轉。

進辦公室，帶來不少精心挑選手信。

給上司的一件尤其精緻，是一件內裏鑲海虎絨的絲絨深紫色短襖，「配牛仔褲不知多好看」。

靈通立刻穿上討她歡喜。

華美報告經過：「放心吧，王小姐，冷子隆這個少年人見人愛，車見車載，系裏女同學圍着他眉開眼笑團團轉。」

什麼系？

「國際商業法律。」

靈通摸摸耳朵。

「他發言比較謹慎，故此稍慢，並不影響學業社交，才認識短短十來天，竟依依不捨，令妹有消息嗎？」

短短三五字。

「我們好，勿念」，「要注意健康，問候母親」，「有時想家」，「長大衣可否放洗衣機？」，「丈夫清晨最好聞」……

靈通沒好氣，不去理睬。

也有比較長的信息：「子興好友乘單人小型潛水艇往大堡礁視察珊瑚礁，潛艇不幸故障，友人殞命，子興精神大受打擊，大悲無言，時時醉酒，潛艇由我夫妻倆投資製造……」

子興這，子興那。

王靈犀已無自身，只餘冷子興。

她全身細胞已為冷氏吞噬，可怕。

殷師大吃一驚，「投資製造潛水艇，那該花多少？」

靈通不出聲。

「他們賢伉儷此刻身在何方？」

還附着照片，一排人全穿黑色禮服，站在好友墓前，那冷子興戴着墨鏡，一臉鬍髭，臉容悲苦，卻不掩英軒。

不止他，其餘好友也一般漂亮。

「這班人，真不枉少年時。」

「不枉少年頭才真。」

「你不憐惜？」

「愛玩，終於玩死，求仁得仁，有什麼好難過，非洲飢童才值得心炙。」

「你如何回覆他們？」

「不答，沒有那麼空。」

「你妒忌。」

「那是千真萬確的事。」

就那樣，春季來臨，很快轉到夏——秋——又是冬季。

一件大衣遮百醜，靈通最喜冬季。

王母拍着桌子罵：「好笑，託人問我要錢！」

「誰？」

「你那不才的父親！託姨母問我要他兒子寄宿學費！說叫匯到英國學校！一共七萬鎊！他吃撐了！當我好吃果子！積蓄是我的棺材本！」

許多！！！叫靈通頭暈。

她臉上露出不忿神色。

王母說：「到底是我女兒，站我這邊。」

靈通實牙實齒：「一毛錢也沒有。」

「問得出口！」

父親的生意呢，他出售廠家所得那一份呢，都去了何處？

其實不難解答：都花光了。

「你當心！靈通，他會問你要！」

不至於如此沒臉沒皮吧。

你別說，人窮志短。

翌日，王父的長訊便到。

奇怪，十年不通音訊，恐怕連大女二女站在他面前都不認得，此刻送贈許多近照重新聯絡：「當年在你倆身上也投入不少資本心血，希望今日你們有所圖報……」然後列出數目字，「又你妹妹，也應當經濟獨立，請把她地址電話給我」。

靈通記得很清楚，她與靈犀那一份來自外公，並非王氏。

她不去理他。

王母說：「他身邊一有錢，會把那三口丟下，再另外找女友，是一個無底坑。」

農曆年，糾同事往大上海吃火鍋。

華美欷歔：「往日還有新年願望，如今，單管自身衣食住行，已經耗盡精力時間，還有什麼願望？」

靈通推她一下，「振作些，很快發表升職名單。」

「今日忽然想到暮年光景：社會已把我們榨乾，退休日子不久將至——」

「哪有那麼快，這塊蛋餃好吃，給你。」

「急景殘年，現在我明白了。」

「喂伙計，有無津白，添多些，冰豆腐呢？」

「什麼什麼誰離婚了。」

靈通要一壺燙熱花雕酒。

她想：運氣，靈犀倒還沒離婚。

真不能高興得太早。

過年不久，糖蓮子還沒收起，壞消息便傳來。

殷師報告：「靈犀要回來一趟。」

「攜眷？」

「不，一個人。」

「不好。」

「我也猜想如是。」

「他們結婚多久？」

「一年零三個月。」

「發生什麼事？」

「她說回來再談。」

一年零三個月。

說長不長，說短也不短。

（二）人口失蹤

本市報案室。

黑壓壓一堆人坐在張揚探長面前。

年輕的張探長長得像某個電影明星，異常漂亮，他一臉狐疑。

「殷律師，我數一遍，你看對不對，這是王氏姐妹，失蹤人是妹夫冷子興，姐姐只是陪客，這一個是王家阿姨，王大小姐與二小姐生母，殷律師，報人口失蹤何需律師與助手陪同？」

「你聽我說來，張探長，冷先生並非在本市突然消失。」

「在何處失去蹤跡？」

「在倫敦凱盛頓。」

「在當地通知警方沒有？」

「九個月前已經報案。」

「可有消息？」

「一直追問，警方亦無奈，已交予蘇格蘭場，但是普通人有所不知，成年人一年失蹤的數目以千計，難以尋找。」

「正確，你們懷疑他回到本市。」

「但是英方沒有他出入境紀錄。」

「一般人也不知，非法出入境的人口以萬計。」

「請張探長幫忙。」

「你們先落案。」

「小張，」殷律師低聲說：「我是你兄弟張翼的師傅。」

他笑，「我一早知道。」

「張翼特別關照過可以直接找你。」

「明白明白。」

「我們已聘私人偵探。」

「是小郭不是，都是老友。」

張探細細打量王氏姐妹。

有三十上下了，相貌娟秀相似，但有些微不同。

妹妹，即冷太太、報案人、事主，雖然木無表情，心情欠佳，但一看便知是美人，眉梢眼角，精緻得令人驚嘆，天生蛾眉，毋須修飾，雙目靈通，鼻樑端正，嘴唇棱角像小巧一支弓，上主造她時，肯定落過特殊心思，她頭髮往後攏，但是額角耳畔一輪密密碎髮打圈，似小女孩般稚氣。

大姐呢，一般眉眼，但是比較之下，有點圓熟，仍是俊秀女子，不過略差一點，維修度不見得比妹子低，一件白襯衫裁剪得度，全貝殼紐扣，可見品味疙瘩。

張偵探的目光如炬不會差。

照說，這樣女子家中不應有逃夫。

莫非是意外。

殷律師說：「每月都調查醫院裏各種意外事件，曾往殮房三次，均不得要領。」

張探輕問：「可否讓冷太太親口說幾句。」

王母嘆口氣，「還有什麼好說，早告訴她對方不是結婚對象。」

王靈犀輕輕開口：「資料全在桌上了。」

張探又一怔，這位冷太太，說話聲音帶許多呼吸之聲，那樣簡單一句話，像在嘆氣中說出，不喜歡的人，會覺做作，但是當下，張探只覺特別。

張探定定神，問：「你們最後一次見他，是什麼時候？」

冷太太答：「去年春季，三月五日早上十時，說是約了朋友在夏蕙酒店說話，一去之後，沒再見過他。」

張探問：「其餘各位呢，你們最後見他，又是何日何時？」

殷師與靈通面面相覷。

殷師答：「我們從來沒見過這個冷子興。」

張探揚起一道眉。

靈通說：「真的，我們與冷子興，從未見面。」

「但，他是妹夫。」

王母說：「我們硬是沒見過面。」

「這麼奇怪。」

「是，是古怪。」

「冷太太，這是真的嗎？」

她點頭。

「為什麼？」

「抽不出時間，未作安排。」

「你們相處不來？」

殷律師鄭重地答：「沒相處過，不知道。」

張探只得回說：「啊是。」

殷師把一盒子文件放他案前，「勞駕了。」

「這事，立時三刻未必有答案。」

「我們太明白了。」
張探送客。
一班人離去之後，助手副探李君子說：「好大陣仗，總算開了眼界，一百歲不死也還有新聞。」
「回去把文件看熟，開一個檔案：通緝逃夫。」
「我會先查海關及人口登記。」
「工作忙，可交屬下做。」
「不，不，我有興趣。」
「奇怪，這冷先生，去了何處？如果是吵架，早該下了氣了。」
「真是美女，姐姐又比妹妹好看。」
「是嗎，」張探詫異，「我倒覺得妹比姐更勝一籌。」
說到這裏，大概也知道不該議論報案人。
「從前，凡有婦女報丈夫失蹤，警察會忍不住偷笑，真是雪上加霜，現在是不會了。」

「民智已開。」

警署同事約莫知道張探與李君子是一對。

下班，張揚接了女友，一起吃小館子。

君子報告：「真是離奇失蹤：並無吵嘴，又沒有經濟困難，無第三者，紀錄上不見異象，但那一個早上，他出去之後，沒再回來。」

「一定有蛛絲馬跡，她們不願說明。」

「殷律師說，冷太太只想落案，對尋回此人，並不抱太大希望，他要是堅持不回，無處追尋。」

張探沒講出來：有人失蹤十年八載，忽在某地盤某溪澗發現骸骨，十分可怕。

但多數是失蹤女子，很少失蹤壯男。

第二早，君子把照片遞近，「你看這壯男。」

張揚大大訝異，「同事老說我長得漂亮，比起這位冷先生，我像一團番薯。」

「最可愛番薯。」

這時有人找他。

「噫，小郭，你來了，歡迎歡迎，正好說話。」

小郭坐下便說：「那位冷先生，竟然失蹤？」

「是呀，幾近一年，已成懸案。」

「中文真美妙，未破案子，叫懸案，叫人牽掛。」

「那麼，案子有了結果，叫破案，更傳神——秘密疑團全破開了。」

「此人去了何處？」

「在南太平洋某小島上與女伴旖旎過日子。」

小郭說：「他不是那樣的人。」

「你對他有瞭解？」

「我是第一個調查他的人。」

「你見過他？」

「唯一見過他的人。」

「這人會不會不存在？」

「他是真人。」

「會否自外太空來，又回外太空去。」

小郭沒好氣，「他兄弟聞訊找到本市，已與我聯絡過，我可帶他上來。」

「蘇格蘭場在私人電腦中找到許多設計圖，其中一幅是小型一人潛水艇。」

張探指着照片說：「他身後是一座雪山，是什麼山？」

小郭看一眼，「海明威的非洲凱利曼渣羅。」

稍後張探對女友說：「他與一組友人有系統地攀登世界每一座高峰，據說，所有大瀑布也已經走遍。」

君子賭氣，「包括天使瀑布？」

「正包括天使瀑布。」

「他說哪座最壯觀？」

「黃果樹大瀑布。」

「你好像是他老友。」

張探用手撐着頭，「凡是飛機、大炮、潛水艇等離奇在地球表面失蹤，小郭都會懷疑，它們是去了衛斯理那裏。」

「這冷子興也許有什麼解決不了煩惱，索性躲起。」

君子答：「躲起不是辦法，有人厭世，患癌不醫病逝，那才叫不玩了，實在膩倦了。」

「太消極。」

「一切繁華已逝，再也無可能回復舊貌，拖下去只有更加出醜，不如撒手。」

「那人未免把自身看得太重，不過也是一個凡人，活在濁世有什麼繁華錦繡，應該一早看穿才是，何必等到走下坡。」

「小郭可以得道。」

「那王家大小姐，才叫通情通理呢。」

「看得出來。」

「殷律師更是人情練達。」

「事主冷太太好似並不太傷心。」

「剛失蹤時，聽說哭得很厲害，此刻狀似安靜，實則魂離肉身。」

「我還有點公務，告辭。」

「君子——」小郭正說得起勁。

「還有何事？」

小郭似有千言萬語，終於忍住，「改天再說。」

君子笑，「鬼鬼祟祟。」

「君子，你真是君子嗎。」

「我盡力而為。」

別看這小郭，狀似粗人，其實心眼極細。

看到他住所便可知一二。

一切室內由他自身裝潢，不落俗套，大統間絕對沒有水晶玻璃，金銀器皿，大理石地板，全部最實在原料，燈不過是幾十隻普通燈泡用電線掛一起，明亮，易維修，一張原木大桌子，幾張長板櫈，還有兩張床般大的沙發。

衣服，包括六衫六褲、兩件大衣，全部掛在衣架上，許許多多內衣褲T恤摺好放在幾隻藤籮裏，蓋子合上，神不知鬼不覺。

閒人看去，像是陋室空空模樣。

小郭大嘆一聲，「生不帶來，死不帶去，可是，可是，活着卻需生活費！」

他攤在大沙發上許久，終於鼓起勇氣，與殷律師聯絡。

「殷師，我想見你。」

「你的費用支票已經準備妥當。」

「我馬上來。」

小郭先打開夾萬，取出一隻小小錦盒，放進口袋，然後到熟悉小廚房，同師傅說：「今午做了幾碗瀨粉，我都要下。」

「給你二十碗，留一些給堂食。」

「行，送到——律師樓。」

大師傅笑，「追求哪個女律師？」

「可不就是追求女孩子。」

「女孩子呢，最風光就是這幾年了。」

小郭再買果子鮮花，才到殷師處。

殷師一見，訝異，平日這小子也懂規矩，可是今日，有點過份。

小郭坐下，「殷師，無事不登三寶殿。」

「小郭，這幾天事還不夠多嗎。」

小郭訕訕。

「說吧。」

「我想到英國查一查冷氏下落。」

殷師沉吟：「這我得問一問王靈通小姐。」

小郭不語。

「你懷疑他還在倫敦。」

「這世界有多大，他這種小風流底下還很實在，不見得跑到能那域與愛斯基摩人論親家。」

「但是，據我觀察，冷太太並不是真想把他翻掀出來。」

「什麼？」

「她只想報人口失蹤，三年後自動離婚，現在一年已經過去，還差兩年，她便是自由身，隨意婚嫁。」

「這——」

「小郭，我辦案這些日子，什麼稀奇事都見過。」

「太奸詐了。」

「的確是男方先失蹤。」

「也許真的遇上意外。」

「蘇格蘭場都查不出來——」

「請讓我做最後努力。」

殷律師吁一口氣，「好，你去一趟，找到那同居的一男一女，好好談一談。」

「什麼都瞞不過你的法眼。」

「去一個星期，住小旅館，吃泡飯。」

「費用我可以自付。」

「我聽錯？」

「我只想問你借一個人。」

殷師訝異，「借誰？我處只有你一個偵查人員。」

「借李君子。」

「李君子是在職警員，一名公務員，不可擅自離職，也不是我屬下，你怎麼會有此想頭？」

小郭忽然漲紅面孔。

這時外邊大堂忽然傳來歡呼之聲，看樣子是鮮味燒鵝叉燒等瀨粉送到。

殷師電光石火間明白了。

「你喜歡李小姐。」

小郭鼓起勇氣大力點頭。

「小弟，人家已有親密男友，他是本市罪案組總督察張揚，二人聽說快要結婚，而且，小弟，君子不奪人之所好。」

小郭面孔漲紅，「那老張不是結婚對象！他霸住她足足三年，沒有實在諾言，浪費她青春，他又喜冶遊，又嗜賭。」

「小郭，與你無關。」

「殷師，給我一次機會，派君子與我同行，只去一個星期。」

「七天可使她回心轉意？」

「我會盡力。」

「她是公務員，不可兼職。」

「只當是旅行，我知她有假期。」

「嘩，小覷了你，老弟，你都籌備好了。」

這時助手捧着一碗點心進來，「小郭先生，多謝你救我們賤命，正又餓又疲——」

殷師白眼，「是，我這裏是苦工營。」

助手連忙放下點心離去。

殷師鐵板着臉。

小郭汗出如漿。

接着，助手又遞上一杯濃濃普洱茶。

殷師扒兩口瀨粉，「唔」，臉色稍霽。

「望恩師成全。」

「君子不是我的人。」

「你加把口。」

「我幾時變三姑六婆了。」

小郭淚盈於睫。

「真的那麼喜歡那女孩？」

「剛健、婀娜、上進、聰明、心細……」

開頭的時候，真是什麼都好。

殷師想起才一年多前的冷子興與王靈犀那對。

丈夫離家不返，那當然是不再要這個妻子，還有什麼好查。

——喏，不是我要離婚分手，我只不過離家抗議，你知道該怎麼做了吧，誰若先提分手，那誰就是無情無義，嘿！

爾虞我詐。

誰還敢結婚。

殷師嘆氣說：「我盡力替你想辦法。」

小郭這時實在忍不住，眼淚落下。

他連忙掩住面孔。

這叫苦苦暗戀。

他對她戀慕程度，叫人動容。

殷師揮揮手，叫他走。

她感慨到說不出話。

殷師主動約李君子督察喝茶。

君子自有一股不落俗套的英氣，殷師喜歡她。

她套她的話。

「——最近有假可是，有一件事託你，你知道冷子興失蹤案吧，如此這般，不知你可有興趣趁放假往英調查一番，千萬不要覺得有壓力，」好像對方已經答應了一樣，「你看怎麼樣，當然，不能叫你孑然一人，我手下有私家偵探名喚小郭——」

那李君子督察並非鈍人，越聽越奇，當然，面子上一點也不做出來，只是「嗯嗯」連聲。

殷師到最後也微笑，「你都明白。」

「殷律師都看出來。」

殷師點頭。

「我與小郭先生是熟人，但一起出遊——」

「你怕張揚誤會。」

君子這時也實話實說：「他貴人事忙，不會介意。」

「那最好不過。」

「殷師，我就與小郭先生走一趟英倫，看機遇如何。」

殷師高興說：「拜託你。」

「為己為人。」

殷師送到門口。

「我會與小郭先生聯絡。」

殷師沒想到如此順利，不枉小郭一殼眼淚。

這一對年輕人臨走之前，先商量步驟。

君子說：「我想再訪問冷太太一次。」

「啊？」

「我想細細單獨觀察她。」

「王靈通小姐一定在場。」

「不妨。」

「你試試約見。」

靈犀一知消息，立刻皺眉，「一報警沒完沒了，查不到失蹤人，便查報案人。」

「算了，再敷衍一次，下星期你就去溫哥華啦。」

「姐，你陪我一起。」

「我不喜驚風駭浪般生活，你帶母親過去吧。」

「那邊也有拆白，哈哈哈。」

「你見了李督察，可別太高興。」

「知道。」

靈通那日沒有陪在妹妹身邊，她竟讓靈犀獨自見小郭與君子二人。

靈犀在家招呼兩位幹探。

她穿運動服，雙腿盤坐，自有傭人取出糖果茶點。

靈犀氣色比先頭為佳。

小郭問：「我們已看過報告，冷先生失蹤前真無任何異樣？」

「一點也沒有，冷冷淡淡，平平常常。」

「他冷淡？」

「認識他的人都知道，冷子興喜怒不形於色。」

「但他——」

「對他的嗜好熱情。」

「是。」

「曾為一隻受虐流浪狗把整座犬隻庇護所買下，相信你們也聽説過。」

君子不言。

「這間屋子是我嫁妝，已加按兩次，為着，都是這種開銷，他失蹤前曾籌三十萬美元把好友骨灰用衛星送出大氣層，永隨地球軌道不息循環。」

「啊。」

「他有許多匪夷所思設想。」

這時，有人自大門進入。

君子豎起耳朵。

原來是王大小姐靈通到，她還是不放心。

君子想站起招呼，但是大小姐一時沒有進來。

她聽見女傭用極低聲音同大小姐說：「……三個月沒收到薪水……」

君子一怔。

只聽見大小姐打開手袋聲音。

「多謝大小姐，好人有好報。」

「快去炒一個年糕報答我。」

君子心想：我怎麼沒有這樣的大姐。

「大小姐，司機——」

「她有駕駛執照，可自己開車。」

「有個人擔擔抬抬也是好的。」

靈通吁一口氣，再次打開手袋。

她這才進會客室，與客人招呼：「不要客氣，請坐請坐。」

小郭說：「我們的話也已說完。」

「吃了點心再走，可有新消息嗎？」

「下週出發往倫敦調查。」

「勞駕，請讓冷子興出來說個明白，靈犀願意分手。」

兩個偵察人員告辭。

靈通送到門口，「請多包涵。」

小郭答：「大小姐太客氣。」

兩人上車，沉默很久。

終於，小郭輕輕問：「看出來了？」

「第一次見二小姐，已心中有數。」

「我也是，你看她，無論說話、走路、都比平常人略慢一點，不是很多，半秒鐘都不到，但是已證明那是藥物引致遲鈍，日久會更加明顯。」

「危險。」

「大小姐為什麼不予勸阻。」

「我相信，大小姐能夠做的，已全部做到。」

「怪不得先前覺得，王靈犀沒有想像中傷心。」

「你準備行李吧。」

「加一件長羽絨即可。」

小郭就是喜歡君子這一點。

有些女子，旅行三日，帶七隻大篋：鞋子十雙，禮服八件，日服七套，化妝品一大包，藥物一小包，哎呀，忘記隱形眼鏡盒子，萬用插頭，送禮名單……

兩人一起出發。

張探並沒有送飛機。

君子微笑，「瞞不過你的法眼。」

小郭不出聲。

「已經瀕臨分手，再拖下去也不會好轉。」

小郭有點緊張，只是不知該說什麼。

「他不是不喜歡我，只是沒到那個地步。」

小郭終於忍不住，「他會後悔。」

「即使是，那是將來的事。」

「他有眼無珠。」

「嘩，謝謝你。」

小郭忽然伸手過去，緊緊握住君子的手一下，又迅速放開。

君子吁口氣，「他另外有一個女友，十分漂亮，是小明星，時運一到，馬上紅起來。」

小郭看着君子，「這是我們最後一次提這個人。」

她不是不欷歔，「投資了那麼多時間。」

小郭再次握住她手，再次放開。

君子反過來握他的手。

一路上他們談着過去辦過的奇案，彼此驚嘆欷歔。

「君子，辭工，出來與我一起辦理偵探社。」

「唷。」

「就叫郭李偵探社，時間鬆動，薪優。」

「我就快升職。」

「那麼叫李郭偵探。」

君子笑不可仰，「你太委屈了。」

「想仔細，勝過天天『是長官，明白長官』。」

真沒想到飛機那麼快着陸。

君子說：「仍然欣賞英國人的靜。」

「英人殺人不見血時也很靜。」

「啊，你也是義和拳。」

「還有誰？」

君子答：「我。」

他們笑着離開飛機場。

到了酒店，發覺是別致民宿。

小郭說：「不喜歡立刻找別間。」

君子知道飛機票是商務艙，民宿也十分舒適，全是小郭意思。

沒想到他如此體貼。

前頭那一位，可有點大男人脾氣。

君子說：「我們先與攝政街那兩位關鍵人物聯絡。」

「不忙，我們休息一會，先去逛街。」

君子微笑，「去何處？」

「古玩街。」

年輕力壯，也毋須多憩息。

兩人穿上厚衣，戴兩副手套才出門。

還是冷。

古玩街有攤檔擺着滿滿銀器，小郭說：「這些刀叉調羹全是二次大戰納粹贓物，自猶太人家中搜刮得來，戰後，又轉賣到二手市場，迄今還有猶太家族前來尋覓刻家族徽號銀器。」

君子惻然。

像不息的陰魂，沓沓不散。

話沒説完，已有兩個中年漢子在仔細翻掏銀器，猶太人的臉部特徵明顯之至，他們都有極其憂鬱眼神、淡色眼珠、蒼白皮膚。

小郭與君子輕輕走開。

結果君子花五十便士買一串塑膠珠子，掛在頸上。

二人站街邊吃希臘串燒。

近黃昏小郭才打了通電話。

「與英國人街上見。」

「記得要求到住宅搜證。」

小郭點頭。

小郭勝在其貌不揚，可降低對方警惕之心。

君子自覺除下制服，她也不過是普通華女。

她說：「王二小姐經濟已經拮据。」

「不怕，她有好姐姐。」

「藥物花費至鉅。」

「不知恁地，我總不擔心她與冷先生。」

「你看好冷氏仍然生存？」

「他說不定鑽到哪個地洞研究上兩個世紀尼古拉鐵斯拉遺下那有關電力七個文件盒內秘方。」

「據說一共有九盒文件，餘兩個失蹤。」

「七盒也足以解決宇宙電能量之謎。」

「聽你口氣，彷彿心嚮往之。」

「誰說不是。」

整天，小郭心花怒放，樂洋洋，喜孜孜，陪君子步行遊倫敦。

「這是白色禮拜堂區。」

「啊。」

「是，開膛手積克行兇之處。」

「兇手一直逍遙。」

「當年沒有科學鑑證。」

「那人到底是誰？」

「女性憎恨者。」

「唉。」

「你我都讀過好幾十本有關該兇案推測。」

「如在今日，一定走不脫。」

「可是，我們仍然沒有找到冷子興。」

二人又笑。

其實笑的不過是兩個興致投合的人有幸在一起。

他們在一間叫兩隻老鼠的酒館內等有關人士。

小郭哼：「兩隻老鼠兩隻老鼠跑得快跑得快——」

君子更正：「是兩隻老虎。」

其中一隻準時到達。

君子心中喝聲彩：漂亮！金髮閃閃生光，碧藍雙目，不知多儒雅。

小郭站起，「史蔑夫你好。」

兩人握手。

「我朋友李小姐。」

史蔑夫微笑，「小郭你也會找到如此可人兒。」

君子微笑，如此會説話。

「還沒找到子興？」

小郭搖頭。

「他存心不讓你們找到，就放過他吧。」

「有一個地方還沒找過。」

「何處？」

「你們的住所。」

「小郭，那你要申請搜查令。」

小郭不出聲。

話題轉了，說到外國學生幾乎攻陷所有英國大學。

「報八國聯軍之仇。」

不料君子這樣說：「那個事件，永無可能報仇雪恨。」

史蔑夫一怔。

「你想必知道，史先生，由誰建議火燒圓明園，是一個叫某某的英國人，他是誰？就是建議販賣印度鴉片至華以平衡貿易差額的人，他率領二百五十名英軍，點火三日三夜，把圓明園燒淨，搶掠文物無數，為的是羞辱中華，把人家最寶貴最美麗最驕傲文物付之一炬，那傷痛永誌不忘，可能精神不振——」

小郭把手按君子肩上。

「如此歹毒，天地不容！」

史蔑夫忽然沉默，他乾了啤酒，「這樣吧，你跟我回住宅搜查。」

君子冷笑，「早已收拾過了。」

小郭說：「我們這就去。」

三人步行便到達那間小小鎮屋，君子心中稱讚。

史蔑夫說：「有一件事我要事先聲明，冷子興已把房屋出售，由我與翡麗柏購下，現在我倆是房東。」

「冷先生搬走後住何處？」

「他並沒知會我們。」

「猜想呢。」

「很難說，也許東京，也許孟買，人口最稠密，越易躲藏。」

小郭說：「不會是上海吧。」

他們走進鎮屋，走到第三層，推開門，像獨立小公寓一樣，一房一廳一書房，空無一物。

史蔑夫說：「尚未租出，有客人喜歡，但多數是一對，我們只希望租給一名男客。」

內櫳已經粉刷過，只掛着一幅肖像畫，一看就知道是冷子興，側臉，穿大袖子襯衫，像個詩人。

君子忍不住問：「你們老了，也如此過活？」

史蔑夫微笑，「小郭你女伴相當厲害。」

君子不好意思，「唐突。」

「還未老呢。」

「是，是。」

「冷先生可有留下日記本子之類？」

史搖頭，忽然落寞，「他知道我愛他甚深，如此不告而別真叫我傷心。」

君子怔一會，低聲說：「或者我們可以到他工作地方——」

「他從來沒有工作。」

君子問：「冷太太，到倫敦，也住這裏？」

「王靈犀住酒店。」

小郭已不知還有什麼問題。

史的聲音越來越低，「我不反對他結婚，只是如此徹底斷絕關係，叫我萎靡。」

「靈犀亦不知他去了何處。」

「據説：靈犀是一個非常好聽名字。」

「是的，心有靈犀，那是靈魂的一扇窗戶吧。」

「她長得可美？」

他沒有見過靈犀。

小郭搶先答：「沒有李君子灑脱。」

史蔑夫大笑。

半晌，翡麗柏回來了，抬着一箱香檳。

君子開玩笑，「用來洗澡最好。」

一頭鬈紅髮一臉雀斑的翡麗柏笑答：「説得沒錯，混着砂糖搓揉，去死皮。」

史蔑夫説：「他們來找人。」

「都在找他，喂，我失蹤可會有人找？真羨慕。」

史蔑夫答：「我一定找你到天涯。」

「他玩膩了，躲起來，躲煩了，會自動出現，他跑進山上，睡了一覺，再回到城裏，也許五十年已經過去。」她眨眨碧綠眼珠。

小郭輕輕說：「只怕有意外。」

「不會的，他懂得照顧自身。」

「會不會已經另外結婚生子。」

這樣聊天不知多麼有趣，可是一點結論也無。

小郭無奈，「真不知道？」

兩人搖頭，「見到他，說一聲，他還有一張賣房子的支票在我們處。」

小郭說：「我們告辭了。」

「冷太太早期刊登許多尋人廣告，一打開網頁，全是尋找冷子興，他注銷駕駛執照、健康卡、工作卡……一切蛛絲馬跡，原來，他一向不備手提電話，亦無任何電子足跡。」

如此徹底。

「之前可有任何、任何，消極行為？」

「子興一直積極地消極生活。」

小郭苦笑。

「像他永不喊肚餓，但是你叫他吃飯，他特別歡喜，吃得滋味，又快又添。」

君子說：「同這樣一個人生活——」

翡麗柏聲音忽轉憂鬱，「那就看你愛他有多少了。」

「他為什麼兩度結婚？」

兩人搖頭。

「喂，小郭，不如我們四人一起吃飯跳舞。」

小郭推卻，「才不要你倆礙手礙腳。」

四個年輕人哈哈大笑。

總還得笑。

離開鎮屋，天氣更加陰冷。

真要命，雪又降不下來。

君子牙關打顫，「史蔑夫想羅致你我。」

小郭喊救命：「恕難從命。」

大家沉默。

半晌才說：「不得要領呢。」

「還有一位前妻。」

「哎呀，忘記這位關鍵人物。」

「不怕，還來得及。」

「太糊塗啦。」

「前任冷太太，叫什麼名字，可也住倫敦？」

「住雪萊，明早開車找她，現在預約。」

「噫，他們都環境富泰。」

「否則，如何可以這般放肆。」

第二早，他們按着地圖，將車駛往雪萊區。

在小食店停車借問。

女侍應是華裔，「啊，你們找麥美倫莊園。」

小郭意外，「很著名嗎？」

女侍笑，用手指地圖，「這裏，到這裏，三百多畝，全是麥美倫農場。」

「是個農場？」

「是呀，老麥養牛，百多頭，誰知十多年前鬧瘋牛症，全部銷毀，老麥傷心甚，之後結束農場，不久病逝，麥小姐承繼了大塊地皮，好似是她夫婿建議種植易生木，頭兩年蝕得厲害，不得不出售一半地皮，可是，嘿！地方政府出力協助，研究土壤水流，樹林忽然茂盛，銷路極佳，連加拿大都派員學習，麥美倫農莊又開始賺錢。」

小郭與君子面面相覷。

「那女婿，是華人吧。」

「真好腦筋，幫麥家起死回生，但不久，他們離婚，多可惜。」

冷子興的憾事甚多。

他倆在小食店吃點心，看到店後擺好幾桶玫瑰花。

女侍應補充説：「麥小姐在後園種植玫瑰，夏日，是一個景點，你們可知道一首歌，叫《我從未應允你一座玫瑰園》，真是美不勝收，香氛襲人，你們記得參觀。」

「是，是。」

車子駛近麥美倫莊園，已經迎到一臉芬芳，空氣新鮮，而且散發天然花木氣息，滿滿一排排的易快高長大易生木，有些已一人合抱粗細。仙景一般。

車子隨迴環路轉一個圈，他們看到玫瑰園。

君子忍不住深呼吸，「啊。」

數千朵玫瑰並不大有規則高矮自由自在栽種，天氣冷，大多數已經凋謝，但近窗戶有暖氣，仍然整排開放。

「沒想到玫瑰亦如此耐寒。」

「可以想像夏天盛況。」

大門前掛滿攀藤，看得出是紫藤。

這兩種花本是俗品，可是因天然生長，也不覺濃艷，反而美不勝收。

女傭迎出，「客人到，請進來用茶點。」

一個女子走近，「我是冷太太，兩位不要客氣。」

那女子是高加索人，漂亮健碩，語調爽朗。

「兩位一定聽過謠言，印象中我是個三角眼，尖下巴的女巫，動輒把丈夫逐出家門……」

君子連忙否認：「不，不，不，沒聽說過。」

小郭接上，「我們不是那樣的人。」

前冷太收斂笑容，「算了，我也習慣了，講子興壞話的人也多，說他把農場敗光，我麥家得賒借度日，唉。」

小郭說：「其實並非如此，我是子興同學，知道他並非那樣的人。」

他轉頭看君子，但君子目光卻看牢遊戲室。

那裏，保母正與兩個幼兒正玩遊戲。

「啊。」小郭站起。

兩個幼兒只一歲多，肉孜孜，大眼圓臉，假使加多一雙肉翅，就是拉斐爾畫筆下小小安琪兒。

兩個都是男孩，一模一樣，分明孿生，一個追一個，那一個摔倒在地，另一個壓在兄弟身上，不但沒哭，還笑得咯咯聲。

太歡樂太可愛了。

君子本來有點忐忑的心情一掃而空，身不由主，緩緩站起。

小郭震驚，「子興的孩子。」

誰知前冷太輕輕說：「並不是，我與子興並無子女，這是我與後夫生養。」

「嗄。」

「不要驚奇，我與他亦已分開，這對孩子，姓麥美倫，我卻仍然姓冷。」

小郭瞪大雙目。

前冷太說：「我不是不想念子興。」

「啊。」

君子聽而不聞，她注意全放在孿生兒上。

保母帶他倆走出。

「說，告訴客人你們名字。」

一個不甚暢順答：「威廉。」

君子笑問另一名：「你呢？」

他答：「阿瑟。」

本沒有什麼好笑，但是君子拍手嘩哈嘩哈大笑。

她快樂得臉頰紅粉緋緋。

小郭有頓悟：李君子喜愛孩子到極點。

呵，郭某，你運高華蓋，現世代喜歡骯髒難纏小孩的女子越來越少，故越來越少生養，李君子明顯是例外。

「……」前冷太又說了幾句話。

小郭沒聽清。

他轉過頭。

「沒有口角，也沒有動武。」

正在說冷子興與她。

「接着，就相敬如冰。」

小郭動容，隔了那麼久，經過那麼多事，已另嫁過一次，又添兩個孩子，牧牛場變成園林，但是，她語氣中仍有這許多惆悵傷感。

前冷太的金棕長髮在陽光下閃閃生光。

「當初，為何走在一起？」

「因他的俊美呀。」

小郭點頭。

「你是他同學，你應知道，子興有許多優點，如今，我與孩子生活費用，全由他建議創辦的木場得來。」

「你可知他下落？」

「我怎麼會知道。」

「沒有聯絡？」

「分手後隻字片語也無。」

「當初為什麼結婚。」

「他說他喜歡有一個人在家等他回去的感覺。」

多麼自私，小郭吃驚，他不知冷子興有這一面。

「那不是我可以容忍的殘忍，聽說，從前，華裔婦女有此美德：丈夫過金山賺錢，三五七載不返，音訊也不方便，她們仍然枯守。」

當然，前冷太今日也不會寂寞。

「你猜，他今日在什麼地方。」

「是他現任妻子要尋人？」

小郭答：「我們都想找到他。」

「他不會高興四處被人搜刮。」

小郭點點頭。

他目光找君子。

君子根本已忘卻為什麼來到麥美倫莊園。

她坐地上，與孩子們拍手掌玩得不亦樂乎。

「你女友喜歡孩子。」

小郭嘻嘻笑，「他們在玩什麼遊戲？」

「猜面孔。」

「什麼？」

「摸到鼻子，問：『這是什麼』對方答：『鼻子』之類。」

那有什麼好玩。

「孩子們喜歡得不得了。」

幼兒就是那麼可愛。

前冷太輕輕說：「不久將來，他們會上學識字，再過一會，會有許多不滿，終歸會得忤逆，並且揚言，他們一生，從來未曾快樂過。」

「打！」

前冷太笑。

「這一切煩惱，都是政府說不准打孩子之後發生。」

她說：「我猜你或許想見一個人。」

「誰？」

「冷子隆。」

「啊，是，子隆。」

「他明日自北京來探訪我。」

「你們仍然有聯絡？」

「當然，子隆照亮每個人生活，明日晚上，假如你與女友願意，我在家招待你們。」

「太好了。」

小郭喜不自禁。

「小郭先生，你與李小姐都是可敬可愛之人。」

「希望你沒有看錯。」

「那麼，明晚見。」

這時，前冷太另有訪客。

他們是應該告辭。

訪客是一個粗壯男子，英姿勃勃。

君子與孩子們難捨難分，三人纏成一堆，要掰才願分手。

她說：「一生少有如此快活日子。」

小郭忽然大膽加一句，「希望都與我有關。」

兩人都覺得彷彿太快了一點，漲紅面孔。

稍後君子才說：「對子興有褒有貶。」

「多希望威廉與阿瑟是子興的孩子。」

「世事古難全。」

「外加可以見到子隆，意外之喜。」

小郭握住君子的手。

「他們夫婦，到後來不說話不交流意見。」

「有時避免吵嘴，沉默也是一種辦法。」

「小郭，你出名是多嘴街可是。」

小郭慚愧，「是，真理越辯越明。」

「我也愛嘰呱，我憋不住氣。」

「會否『繼而動武』。」

「我還佩槍呢。」

「唷。」

兩人笑起來。

「你會讓我的吧。」

小郭聲音忽然轉為溫柔：「我一世遷就你，任何事，你說了算，請給我信心。」

君子淚盈於睫，還是第一次有男子對她許下如此諾言，不管以後如何，此刻聽到，已不枉此生。

偏偏這時，電話鈴響。

殷師的聲音又尖又響：「喂，小老郭，四天過去了，有何進展，別忘記你只得一個星期辦事。」

小郭氣結，真會煞風景。

「這邊警方的線人卻有消息，有人見過冷子興，且有照片為證。」

小郭不信，君子也搖頭。

「照片，並非免費可看，是否真實，都要付五萬元閱覽費。」

「他好發財了。」

「待你回來再說吧。」

「何處何時何人看到子興？」

「都要給錢。」

電話掛線之後，小郭沉吟。

「五萬元看一看，不包真假。」

「見過子隆，我們就回去。」

君子嗯一聲。

「君子，警署可有人找你。」

君子搖頭。

看樣子，君子與張揚兩人是告一段落了。

小郭覺得安心，也有點惆悵，這麼快，就把一個人忘卻，他可做不到。

兩人在傍晚終於見到子隆。

子隆是那種叫人忍不住想大力擁抱的好青年。

小郭不住啪啪啪地拍他背脊。

「好久不見，子隆，好嗎，北京生活如何？」

子隆用他不大準確的普通話答：「預科已畢業，我已進劍橋。」

「嘩，光陰似箭，日月如梭，學問如逆水行舟，不進則退。」

君子第一個大笑，「說什麼呀。」

一室都是正能量。

前冷太太的男朋友也來了，揹着威廉與阿瑟到處跑。

看，沒了冷子興，一樣可以高興。

小郭拉着子隆，「我有話說。」

子隆眨眨眼，「我不知大哥在什麼地方。」

小郭沒好氣，「你就算知道，也不會告訴我，可是如此？」

「我真的不知，但我肯定他安然無恙。」

小郭說：「你與兩位前大嫂都友好。」

「她們對我好，大嫂有時還匯錢寄衣服給我。」

「那是緣份。」

「小郭先生，你也友愛，特地多留下一天與我見面。」

「子隆，想問一些私事，你若不想回答，搖頭即可。」

「明白。」

「子隆，你與子興，不同生母。」

子隆點頭。

「他生母是個怎樣的人，現在何處？」

「我從沒見過該位女士，她從未出現在冷家，我亦不知她身在何處。」

冷家可改名「不知道家」。

「子隆，令堂呢？」

「她早與我父分手，我記憶中，並無她印象。」

「可有抱怨？」

「有，英國天氣太壞，我還要捱多四年大學，自兩歲九個月進學前班迄今二十年沒離開過學校，又一直找不到女朋友，我將來會否浪跡天涯，孑然一身？」

君子輕輕說：「我立刻幫你找女朋友。」

「眼睛要大，身段要好，還有，百般遷就。」

小郭拍他肩膀，「好傢伙。」

「不，郭大哥，我沒有遺憾，我努力好好生活，一個人過了廿一歲，就靠自家雙手雙腳，你説是不是。」

「子隆，有假到我家歡迎你。」

「我天生就快活，但子興不一樣。」

「他如何？」

「他有點抑鬱，長期有心理輔導。」

君子「啊」一聲，他倆疏忽，竟沒想到這一點。

小郭握住子隆肩膀，「謝謝你，好兄弟。」

子隆打手語，「記住：大眼睛、好身段……」

君子索性用手語與他交談幾句。

他笑，「李姐真有趣。」

君子轉去與雙生子玩耍，這次有備而來，帶着不少糖果餅乾。

真的，冷子興不在，也一樣有笑聲。

（三）沒有口角也沒有動手

男女吵起架來，真是天底下最肉酸的事。

男方為什麼不可忍讓女性。

又女方為何不可少說一句。

如數家珍，把最私隱最醜陋的話都拿出攻擊對方，沒想過同那樣骯髒的人在一起，大抵也不會清潔到什麼地方去。

吵鬧之際，巴不得全世界做公證人，說公道話，判對方死刑，好出盡一口烏氣。

看熱鬧的人站滿滿，都不過為着看笑話。

小郭不發一言，雙手出汗，他決定大膽押一注。

在飛機上，他終於拿出英雄義膽。

「君子，你願意嫁我為妻嗎？」

聲音很響，站附近的空中服務員聽到，不動聲色。

小郭自口袋取出準備好的指環，打開，君子看到，那是一顆十分得體的寶石，她一時作不了聲。

一個人總有些靈感，在這種成熟年齡，約莫也知道終身伴侶該是什麼人。

這是最迅速的求偶史嗎，可能是，但李君子覺得她似認識了小郭許久許久。

她也鼓起勇氣答：「我願意。」

服務員鼓掌，前後整排乘客也聽到他倆對白，跟着拍手。

兩人面孔紅彤彤，擁抱。

乘客歡呼，開出香檳，喊出祝賀字句。

兩人淌下淚來。

都已經尋覓不少時日。

——回家之後。

小郭籌備婚禮。

君子處理人事。

李君子辭職結婚的事很快傳開。

同事們都以為李君子與張揚終於決定結婚。

連上司都歡喜說：「好呀好呀，男才貌女才貌，只是，婚後為何辭職，眼看兩個人都要升職。」

一日，辦公大樓自動電梯一上一下，子君看到張揚。

本來可以別轉頭裝看不見，錯過，就是錯過，不必點頭，也不必說話。

可是，剎那間與張揚四目交投，張揚做了一件特別的事，他忽然自電梯那一邊飛躍到君子這一邊，本來向上，此刻變得往下。

與君子才差兩級階梯。

「你好。」他說。

君子連忙鎮定下來，「你好。」

「結婚了。」

君子點頭。

「也不與我說一聲。」

「你沒問。」

「想必是個好人。」

「是，很好的一個人。」

「那恭喜你，聽到喜訊，嚇一跳，什麼，君子結婚了，新郎不是我，太過滑稽，前後不過七天，去的時候，還是我女友，回來之際，已是別人未婚妻。」

「對不起。」

電梯到達樓下大堂。

「可要進我辦公室詳談。」

君子說：「我沒有什麼話說。」

「這倒是，清清楚楚已經擺明白。」

「在我處的雜物，我有空收拾好送還。」

「不必，全扔掉即可。」

「明白。」

兩人呆了一會。

「君子——」

「沒有遺憾，張揚，我倆遲疑太久，都已發覺愛得不夠，話不投機已有一段日子，有更好機緣，我不想錯過。」

「那麼，再見，歡送會我不來了。」

「毋須客氣。」

君子轉身離開。

背脊一身冷汗，到底尷尬。

小郭接她看新居，她才鬆弛下來。

「剛才見到那個人？」

她點頭。

「可是驚恐：怎麼會同那樣一個人在一起那麼久？」

君子不語。

「不說他了，我找到非常寬敞紮實的一間老房子。」

同他一樣，性格紮實，心胸寬廣。

殷師知道之後喜不自禁：「好傢伙，事在人為。」

送了手掌那樣大的金鎖片。

王氏姐妹也代一對新人高興，也送配對一寸寬金手鐲。

送禮那日，大家在殷律師辦公室見面。

小郭人緣好，律師樓同仁也送了大堆禮物，像開小茶會般熱鬧。

小郭卻還記着公事，「那五萬元一看的照片呢。」

「我還價至兩萬，看了。」

殷師把照片取出。

一放桌上，大伙便「嗤」、「唏」、「騙子」、「邊都沒有」，「啐」！

照片裏黑黑一個影子，面目模糊，的確是個男子，但是，身形完全不似。

冷子興身形瀟灑，手足比例多好，尤其是泳將肩膀，寬厚但不誇張……差太遠了。

「不看不死心。」

「花得最快的兩萬元。」

「騙徒就是看穿我們這個弱點。」

大家又沉默下來。

才五分鐘罷了，殷師說：「我另有好消息。」

小郭笑說：「殷師也要嫁人啦。」

殷師吩咐手下取來一張文件。

咦，是一張支票，放在透明文件夾子內。

小郭何等眼利，一看看到支票面額達八個零字，自座位中跳起。

再看，支票抬頭是王靈犀小姐。

「唷，怎麼一回事。」

殷律師咳嗽一聲，「意外之財。」

靈犀指自家胸口：「我？」

大家比她還要驚奇。

「銀行知會我之時，我也以為有人開玩笑，小郭又不在，只得親自上門查探。」

「是真的？」

「明白因由之後，真相大白，再也假不了。」

「快說詳情。」

殷師說：「我手上有若干錄音，大家聽完之後，可知來龍去脈，靈犀，事關你與子興，你可願意大家一起聽故事？」

靈犀十分痛快：「在場都是我親人好友。」

殷師頷首，取出手機錄音。

大家屏息。

錄音中背景嘈吵，像是一個公眾場所，或許是一間酒吧？

一把雄壯聲音這樣說：「我是ＳＳ庇瓜號船長伊斯梅爾，船上伙計共十名，這段錄音，給冷子興做記錄，子興事忙，未能參與是次壯舉，哈哈哈哈。」

「庇瓜號，是一艘尋寶船，不錯，尋寶，目標是一百多年前中美洲號，它是在加勒比海沉沒的運貨船，上載西班牙自中美洲搜刮而來的純金三百噸——」

聽到這裏，小郭先「嘩」一聲叫。

「三百噸！？那佔當時全球存金量約50％！」

各人悚然動容。

王大小姐問：「這與冷子興有什麼關係？」

「請聽下去。」

接着錄音，可聽得海鷗喳喳鳴叫，「子興，今天是公元——年——月——日，我們已在海上，巡駛加勒比，這加勒比海對一隻小船來說，不知多磅礡，子興，若非你慷慨解囊，按掉住宅，籌到現款，購買與租用最先進航海探測儀器，我組不能成行，當然，還有其他機構資助——」

小郭說：「這船長嚕囌。」

「噓——」

「大海茫茫，子興，我們想念你。」

大家笑出聲。

如此多情船長！

另外一段：「——年——月——日（十天過去了），一片吵鬧之聲：『這是什麼，顯示屏上輪廓是何物！船頭，是船頭，是否我們的目標？天呀，我的娘親，船身上清晰注明中美洲號！』，『寶貝，皇天不負苦心人』，『快派潛水員下沉查訪，快！』，『那黃澄澄一疊疊是什麼？金塊，金磚與金幣就那樣原封不動沉在海底！可愛的黃金，千金不蝕不銹，可愛美麗的黃金！』」

殷律師發放照片，只見海底拍攝所得，澄澄黃金像尋寶電影中特寫，滿滿沉在海底。

大家發呆，作不了聲，這像一齣冒險電影片段。

殷師這時關掉錄音。

君子說：「我看過這段紀錄片，其實尋寶記沒有如此順利，庇瓜號已進行搜索達十年，做得山窮水盡，受行內譏笑為傻瓜號——」

「庇瓜號，不是追捕白鯨莫比敵的捕鯨船嗎？」

「情況一樣淒厲！」

「子興是福星，他一投資，庇瓜再出海，便水到渠成。」

王靈犀喃喃說：「原來我的嫁妝被按到一隻尋寶船上。」

「這個冷子興。」

「支票是回報嗎？」

殷律師說：「我由庇瓜號律師代通知，他們探險組織井井有條，黃金打撈出來，按法律與當地政府對分，然後，三十多名投資者按比例分取利潤，冷子興一早註明，利潤由王靈犀女士獲得。」

「這冷子興。」

「銀行與我聯絡，王靈犀獲得五十倍紅利。」

王靈通吸口氣。

靈犀輕輕說：「我發財了。」

小郭忽然問：「子興呢？他還不現形？」

「冷先生的投資興趣，只考他自己眼光，並非利潤，迄今未聯絡到他。」

「嘿。」

「還有這塊金磚，是他們給的紀念品。」

殷師把一塊金磚用雙手自抽屜捧出。

的確，黃澄澄千年不變難能可貴的本質叫人眼亮。

小郭伸手去拿，一隻手竟抬不動。

靈犀說：「用來做門栓最好。」

大家精神被尋寶成功故事引得亢奮。

「我立刻找庇瓜影片血淚史大家觀賞。」

「沒有成功之前，庇瓜是傻瓜，誰替它拍紀錄片。」

一言道盡其中滄桑。

靈犀忽然對殷師說：「把這筆鉅款，與冷子隆平分。」

靈通咳嗽一聲。

殷師說：「靈犀，三分一已足夠。」

靈犀還想說話，靈通按住她手。

說到子興，靈犀雙目通紅，但是，已不至於號啕。

子興呢。

是呀，子興呢。

他已洗脫專娶有妝奩女子圖謀不軌罪名。

而其實，只要女方願意，又有何不可，那純是她私人財產，憑她意願使用，說壞話的旁人，許是酸葡萄心理。

「殷師，謝謝你。」

「不謝，按時收費的啃。」

殷師真是生意精。

這時，精明入骨女士忽然看到奇景。

只見君子坐在長櫈上，小郭緩緩有意無意走近坐下，漸靠漸近，索性輕輕把大頭靠到君子背上，嘴角彎彎，無比暢快開心。

殷師震撼，啊，難怪可以結婚，如此憨厚粗壯的小郭，居然有此柔情蜜意，太叫人感動。

殷師別轉頭，她淚盈於睫，羨慕啊，但是，她會傾心小郭那樣的男子嗎，大概不，由此可知，性格控制命運，注定丫角終老。

喝完香檳，散會。

王靈犀第一件事便把住宅自銀行贖回，還有，多僱一名女傭，加一名司機，全屋家具要換過，不不，住宅也得裝修……

靈犀抑鬱本來已去掉一半，現在又減卻一半，像某種放射元素，半生又半生，每一年大抵消逝50%，但也需十年八載才完全消失。

裝修期間，靈犀陪母親到外國旅遊。

君子搖頭嘆息，「真是緣份，叫我認識這樣一家子，他們真不是普通人，行為舉止性格意向，與我們完全不一樣，他們是雲端裏的半仙，我們真難以想像，只覺不可思議，未能高攀。」

小郭微笑，「是特別一家，但是，我卻知道有幾個更加突出的人。」

「對，悟空是你足球隊友。」

「你知道什麼，井底蛙。」

君子有氣，「結婚半年，我變成牛蛙。」

「配癩蛤蟆更好。」

就這樣，吵不起來。

夫妻為什麼要吵鬧呢。

他那麼差，才沒有找到更好的配對，半斤八両。

靜下來，小郭處理了幾件本薄利厚的案子，君子幫他打理賬簿等細節。

「想不想放假？」

「我現在已經是放假了。」

辦公室闖進一對不但吵架而且動武的夫婦。

太太用堅固大紅色鱷魚皮包兜頭兜腦摔打丈夫，打得皮破血流。

一邊，罵盡粗話，雙方親娘老父，列祖列宗，全部牽涉在內，遠在北方的祖墳都被刨起，還有，十八代子孫男盜女娼，不得好死，永受詛咒等等。

連護衛員都跑上來維安。

結果小郭說：「喂喂喂，先生、太太，我不認識你們，你們並非我的客戶。」

那兩夫妻怔住，靜下來，果然，他們也從未見過小郭，這是怎麼一回事？

人家的辦公室已打爛一半。

「對不起，一定賠你們——」

「雙倍，賠雙倍。」

君子撐起腰。

「三倍，對不起，對不起。」

立刻簽出支票。

太太說：「我這隻愛馬士世上只有一隻，當作禮物，只用過一次，笑納，笑納。」

君子板面孔，「我從來不用紅色手袋。」

小郭拉開大門，「不要吵了，有什麼好好談。」

那位太太淚流滿面。

那臉上帶血的丈夫垂頭喪氣。

兩人被護衛員送走。

小郭他們也似打過架般疲累。

兩人啼笑皆非。那對怨家摸錯門。

雜工連忙收拾。

一盆君子最愛惜的茉莉花已被打爛。

她把花與泥捧起裝入塑膠袋到相熟花店。

「請救一救。」

「沒事沒事，換隻大些缸便可，依舊用藍花紋可好。」

君子坐下一角看雜誌。

有人低聲問：「是郭太太嗎。」

君子抬頭，是一年輕娟秀女子。

她點點頭。

「郭太太，打擾，」她聲音刮辣鬆脆，「你不認識我，我叫紀三思，是張揚探長副手，是張探長叫我來。」

紀三思，恁地好聽名字。

「有什麼事嗎。」

「張探說，他知道你不想見他，故差我前來，郭先生說你在花店。」

「有什麼事？」

「張探說，你在找的冷子興，他也有盡力尋找，只是局裏更重要的大案像落雹一樣，手下實在分身不暇，故此鬆了下來。」

「明白。」君子淡淡。

「但是，他聯絡到冷子興的心理醫生。」

「啊。」

「這是容醫生的名片，你或許可以與他談談。」

君子點頭，接過名片，「謝謝張探，更謝謝你。」

先前的冷淡收斂，到底，他還記得她的事。

但是，紀三思並沒有離去的意思。

「郭太太。」她三思，不知如何開口。

君子看着她。

「是這樣的，郭太太，我，我此刻與張揚約會。」

啊。

「郭太太，我想知道，為什麼張揚甚少笑容。」

君子不出聲。

可憐，她不知男伴心事。

想一想，君子答：「工作壓力實在太重，每天應付着殺人放火的事。」

「是，是，他一直那樣深沉嗎？」

君子這樣輕聲答：「我不記得了。」

「我不相信。」

這就唐突了。

君子聲音更輕，「我不是要你相信。」

「是，是，對不起，我冒失。」

她站起來，十分後悔，朝君子鞠一個躬。

君子叫住她，「我有兩句忠告。」

「啊，郭太太，請賜教。」

「不要口角，不要動手。」

紀三思一怔，但聰明的她亦明白了，再次彎腰，才轉身離去。

店主這時出來，「看看喜歡否。」

君子答：「比從前更好。」

店主也是過來人，笑說：「誰說不是。」

君子回辦公室，把花盆放回原來位置。

小郭抬頭問：「局裏找你什麼事？」

君子一五一十說出。

「啊，得來全不費功夫，心理醫生就在眼前。」

「醫生受法律約束，不能透露病人私隱。」

「可以轉彎。」

「那得靠你這孫悟空。」

「不，我做哪吒。」

「冷子興不像是看心理醫生的人。」

「他叫人防不勝防。」

「有人覺得心理醫生是巫醫。」

「我們可決定走一趟？」

君子點點頭。

「會找到答案嗎？」

「我想不。」

還是先預約，再上門。

君子想一想，割愛把那盆茉莉花帶去做見面禮。

容醫生是漂亮的中年男子。

聞到清新花香，十分歡喜。

「兩位目的我很明白，張督察已向我簡約說過，但是，心理醫生與法律有約定，不能透露與病人之間的私隱。」

小郭與君子沉默。

他們只是微笑。

茉莉花輕輕冷冷地散放清甜香氣。

片刻，容醫咳嗽一聲，「張探是我中學同學——」

小郭沒想到這張揚人緣居然不錯。

醫生說下去：「但凡看心理醫生的人，總不會是開心活潑的人。」

君子看丈夫一眼，對，不會是小郭先生。

醫生說下去：「不開心，不等於表面條件不好，而是他自我感覺欠佳，有些人，粗嗓子，從不讀書，社會地位亦不高，可是他喜歡自己，凡事都覺得理直氣壯，什麼道理都站他那邊，吵起來非爭贏不可，碰到不願多說的人，他可厲害了，他永遠是兵，對方是秀才——你們可曾碰到那樣的人？」

君子被他這番話感動，「有，家父與家母。」

「唷。」

醫生與丈夫都予以同情眼光。

「遇到這種人，當然最好不說話，我許多病人，都大悲無言。」

君子忍不住笑起來。

容醫生主動說：「很多人痛不能言，跑到我這裏，不過是躺着睡一覺，時間到了，沉默離去。」

「病人可有提到誰叫他無言，可是他賢妻。」

「是這個世界。」

小郭吸口冷氣，「如此悲觀。」

「這世界怎麼了？」

「一場瘟疫，近百萬死亡人數，戰爭不停，暴亂叢生，貧富愈加懸殊，社會分歧，罪惡橫行……」

小郭說：「太悲天憫人。」

「我也這樣勸說。」

「你怎麼忠告？」

「既來之，則安之，在餘燼中尋找榮光。」

「什麼餘燼！他是大好壯年，環境優渥，人緣極佳，一聽他失蹤，大家仆心仆命跑出尋找，擔足心事，這人不滿現實去到極點，該打！」

容醫生笑。

君子問：「病人，可有提到他身邊的人。」

「所有病人都有抱怨。」

「誰？」

茉莉花香更加濃郁。

「忘了問你們喝茶或咖啡。」

「我們不要飲品。」

容醫慢慢說：「病人多數提及伴侶。」

「病人怎麼說。」

「有人說，妻子非常漂亮，愛嬌，像個孩子般可愛。」

這正是王靈犀。

「但日子久了，他覺得窒息。」

小郭與君子瞪大雙眼。

「像一棵樹，本來生長得很好，雨水陽光空氣，予取予攜，忽然一日，一隻鳥銜來一棵藤的種子，樹嚇得魂不附體——」

君子忍不住說：「大樹被動，你這個病人主動，沒有人逼他結婚，別說得太難聽。」

「他婚前，沒想到妻子會24／7那樣纏住他。」

小郭微笑，「身在福中不知福。」

「這是他失蹤理由嗎？」

「我不知他是誰。」

「當然，他可有透露他會去何處恢復自由？」

「一個本來雲遊四海，浪跡天涯的人，本性難移。」

「這樣就可以一聲不響一走了之？」

小郭輕輕說：「大悲難言。」

「這人是要大家四處尋找，自抬身價，他當心玩過火，待眾人放棄，沒他也生存下來，他才知苦。」

容醫說：「我可以講的，都講完了。」

「他有無說，最喜歡什麼地方。」

容醫想很久，「有一個人，很懷念他母親。」

「啊。」

「他在一個人事比較複雜家庭長大，父母離異，他從此沒再見過生母。」

君子想，是，有手有腳的男子忽然抱怨身世淒涼，童年時父母愛得不夠。

連冷子興也不能倖免，怪這個怪那個。

「他記憶中，母親常帶他去一個美麗湖畔散步。」

小郭仔細聆聽。

「就那麼多。」

小郭見已經談了很久。

他說：「我們願付——」

「友人之間聊天，怎可收費。」

「太客氣了。」

「花為資，多謝。」

這容醫也是一個人物。

郭氏夫婦告辭。

下雨，兩人沒帶傘，小郭脫下外套遮住妻子。

「醫生提供不少線索。」

「說了等於沒說。」

「我很慶幸我是醫生口中那種粗淺之人。」

「調查，真得告一段落。」

「希望他是真的不想我們找到他。」

「他一定在某南太平洋島嶼，耳畔插一朵大紅花……」

「——跳舞唱歌，累了睡一覺，黃昏捕魚當晚餐，小孩統統不用讀書，懶洋洋不長進，也是愉快一生。」

「至於我同你，還是往辦公室營役吧。」

「我倆柴米夫妻，白頭到老。」

「君子，我早生華髮。」

兩人提起精神，繼續往生活出發。

事情就這樣擱下來。

開頭，大家還有點生氣——這子興，什麼意思！

漸漸氣平，覺得也需尊重他的意願。

夏日，冷子隆來了一趟。

無事不登三寶殿，他找殷師把屬於他的部份款項提出。

殷師怕他被人騙，雙目閃閃生光，看牢他。

他笑，「我都廿二歲啦。」

正是受騙的好年齡——以為自己長了腦，其實相反。

「我說給你聽，師傅，我需要經費舉辦一項活動。」

殷師一聽「活動」二字，魂飛魄散。

「殷師，聽我說下去。」

殷師鐵青着面孔。

「殷師，全球蜜蜂數目驟降，這是不爭事實。」

蜜蜂？

「關你什麼事？」

「哎呀，殷師，關全世界的事呢，迄今，農民無法逐一將花粉播授，信不信由你，農作物大部份仍靠蜜蜂傳播花粉維持生命，我們專注的蜜蜂是北美洲工蜂。」

殷師聽得發呆。

「同蝙蝠患白鼻炎大量死亡一樣，大地生物一環扣一環，每個鎖鏈相互影響——」

「如何救蜜蜂？」

「有一個組織，發動民間養蜂，在後園放一座蜂箱，由組織分發蜂蛹及指引，蜜蜂成長後，逐箱租出或放出播粉，大家又有蜜糖可吃，我的實驗，在加國阿省，我需要這個數目。」

冷子隆不是不像他大哥。

「會成功嗎。」

「總得做些什麼。」

「這是幫助地球嗎。」

「可以這麼説。」

子隆一直嘻嘻笑。

「批准。」

「謝謝殷師。」

本來是他的錢。

「有無子興消息。」

子隆搖搖頭。

「你那些蜜糖，方便的話，給我幾罐。」

「知道。」

下次，一定是救鯨魚。

有心人可以做的事，多着呢。

殷師寫支票幫助宣明會，人救人更重要。

該會寫信表示感謝：「殷女士你誠心支持本會廿五年……」

助人為快樂之本。

女助手說起：「救助動物很有意思，世上生物，每一種都息息相關，猿猴與人類的因子只差3%……」

她是重要伙計，殷師不好與她辯駁。

「你說是不是，殷師。」

殷師答：「我不知道，我由上主創造。」

「啊，達爾文不是那樣說呢。」

一個比較懂事的同事連忙把她拉開。

殷師找靈通，「只得你與我了，出來吃飯。」

「吃血腥氣牛排，三成熟。」

結果，殷師只吃蔬菜沙律。

靈通一個人吃十二安士牛肉。

「給我一點。」

「不行，假扮清高，要吃自己叫。」

「伯母與靈犀去了加拿大？」

「老媽那邊有房子，視察一下。」

「這些年，多虧她自得其樂。」

「她不搓麻將，時間不知用在何處。」

「前些時候，她託我做學習英語配件。」

「她諳英語呀。」

「精益求精，這點，你像她。」

「學女皇口音？」

「北美一般語言即可。」

「你勸她讀何種書。」

「伊米爾左拉的《我控訴》。」

「我以為你會推薦狄更斯。」

「我自己在看他的《古玩店》，這人奇怪，喜歡舉辦讀書會，奇在客似雲來，據說讀得慷慨激昂，一次激動得暈倒現場，那麼愛出風頭。」

「他還有其他嗜好。」

「你對寫作人私生活可有要求？」

「只要寫得精彩，他半夜在街裸跑也不關讀者的事。」

「哈哈哈哈。」

「假如有男子願意與你談雨果的作品，你會否嫁他？」

「我會陪他飲酒暢談。」

「李白呢，蘇東坡呢。」

「我會喝到酩酊。」

殷師取出一隻首飾盒子，「生日快樂。」

「現在才拿出來。」

殷師賠笑，「怕你嫌嚕囌。」

「不知多久沒收禮物。」

打開盒子，是一枚小小雕花心形墜子，兩邊有機關，一看就知道可以打開。

「多麼漂亮，定製還是現買？」

「有人放在勃克斯寄賣。」

靈通輕輕打開心扉般小小的門。

真精緻。

裏頭是極小一把鎖匙，心扉之匙。

靈通嘖嘖稱奇：「是誰設計，如此動人。」

「他心照明月，明月照溝渠，人家毫不在意把它售出。」

「經濟拮据，人窮志短。」

「這種花心思飾物，能值多少。」

靈通說：「你無用，我也無用，有機會不如轉送少男，好送他女伴，我同你，還把心掛脖子，羞人。」

「掛什麼？」

「$符號。」

「去你的。」

靈通小心翼翼，把小盒子收好，準備有機會轉贈冷子隆。

子隆邀請她參觀蜂場。

——「已經做得有相當規模，僱着兩名踴躍熟手，附近薰衣草田農人非常開心，每朝，把蜜蜂放出採花粉，傍晚，牠們會回家與蜂后自動會合，大自然奇蹟不勝枚舉，據科學家説，牠們懂得看牢日軌，故此永不迷路，故此，陰天不會出動，哈哈哈哈，都會人不懂享受大自然，好奇張望一下，拍照留念，如此而已，看到昆蟲，駭叫不已。」

這是子隆取笑她們這些姐姐阿姨。

王母與靈犀在溫埠，大抵兩小時路程。

靈通決定走一趟。

才三數年前，地球叫一隻病毒害得半死，群策群力，總算把它消滅，人類再也不會身在福中不知福，經過禁足之苦，旅遊潮重新爆發，成群結隊包飛機出發。

「王小姐，剛剩一張票，因不是雙座位，才等有緣人，你可適用。」

靈通問殷師：「可要一起？」

「我不去溫埠這種鬧市，街上隨時有人問『你這隻LV在何處購買，從沒見過』之類。」

「那我一人一團，下次陪你去剛果。」

「替我問候伯母與靈犀。」

靈犀的購物單足足一尺長。

其中一隻韓國生產的去斑膏要十盒。

臉上長雀斑？可憐的靈犀。

藥妝給大顧客整整一隻小箱子，「十二枚，特價算十枚。」

一看價格，靈通怔住：「這是一輛小汽車。」

售貨員愉快的答：「是呀，王小姐，還缺貨呢。」

靈通搖頭嘆息。

靈犀囑咐手提，因行李艙溫度不一樣，怕化妝品效用受影響云云。

王母親自偕靈犀接飛機。

「媽，你怎麼出來了。」

王母一把抱住。

靈犀扁嘴，「偏心。」

她住在母親的宅子裏。

前後花園，大窗戶對牢碧綠大海，藍天白雲，映向對岸瓊樓玉宇，美不勝收，像電影場景一般，不過，雖信美而非吾土兮。

「政府待移民算好否。」

「算是這樣。」

靈通握住母親的手。

靈犀說：「叫你帶的除斑膏呢，快給老媽。」

啊，這又值得原諒，原來老媽要用。

「累嗎，去休息。」

「不，母親，替你美容，何處有斑。」

母親怪不好意思，「兩頰，還有——」

「何處？」

「背脊，像潑了墨一般，真慘。」

靈通輕輕揭起母親衣裳，哎唷，果然，背脊大大小小全是黑斑，皮膚乾燥，叫靈通吃驚，她一聲不響，取過小電毯，覆在背敷一會，然後，悄悄用手機拍攝，在靈犀耳中細語幾句。

靈犀會意，出去了。

「還有救沒救？」

靈通説得輕描淡寫，「當然有得救，大不了讓馬醫生用鐳射逐點銷毀。」

「我曾經讓她做過兩塊，痛是痛得不得了，而且三個月後，同樣位置，又死而復活，好不頑固。」

「媽，現在用藥。」

靈通雙手浸熱水一回，打開藥罐，把藥膏敷在母親背上搓揉。

「唷，真舒服，幸虧有女兒。」

靈通雙眼發紅，老媽要求恁地低。

她說話：「有事勸你們兩個。」

「又什麼訓話。」

「唉，冷家那兩子，都不好惹，別與他們走近。」

「不會。」

「靈犀吃多少苦，哭得眼珠脫出，一日下午，坐在我身邊，忽然平靜問我：『媽媽，如果我早走一步，你會否傷心』。」

靈通一聽，頓時苦向膽邊生，瞪着妹妹，眼珠如要脫出。

「我聽了，大受刺激，一邊哭，一邊搖搖晃晃站起，雙膝無力，仆倒在枱角，額頭流血如注，靈犀害怕，忽忙把我送入醫院，縫上三針。」

靈通厲聲問：「我怎麼不知道，為什麼不告訴我？」

靈犀流淚。

「沒事，幸虧靈犀得到教訓，以後再不提早走。」

靈通斥罵：「我遲早與你這個白癡登報脫離關係！」

靈犀伏在母親背上飲泣。

「怎樣，黑斑褪些沒有。」

「快了快了。」

「感覺不錯。」

王母漸漸盹着。

靈通替母親蓋上被子。

出到客廳，靈犀想拉姐姐的手，靈通一把摔開。

「姐——」

靈通拉下臉，看上去似納粹SS軍人，「醫生怎麼説？」

「馬醫生去年已經化驗過，是良性黑斑，年紀大了，皮膚——」

靈通坐下，「我們也會那樣？」

「少曬太陽，用沐浴油，不需要選頂級貴貨，嬰兒油亦可。」

靈通鬆口氣。

「母親不是很老，不過七十歲。」

靈犀不出聲，人生真是慘情，長大，自學校出來，結婚，養兩個女兒，離一次婚，那樣已經七十。

「媽媽能活到九十九。」

靈通說不出懊惱：真想吐血，「我不走了，我留下服侍母親按摩吃飯，我這就去煮雞湯。」

「姐，我來。」

「你會？」

「把雞扔下，放水，煮一小時。」

「加兩片薑，一些紅蘿蔔。」

鐘點女工到了，「兩位小姐，有我呢。」

靈犀坐下哭。

「你好意思，那人叫你銷魂，白相過了，還不甘心，非帶着無辜老母一起去？」

靈犀默默流淚。

「你還是人不是，這老媽是你一個人的嗎，我就取刀斬到你八塊。」

女傭連忙出來，「兩位小姐，吃碗燉梨子消氣。」

「我不同你多廢話！」

靈通回到房間，在床頭坐下，氣炸肺。

她目光忽然落在一隻毛毛玩具羊上。

這是靈犀最愛惜的玩偶，已經玩得殘破，只餘一頭一尾，還好身軀被紗布繫着，否則早斷成兩截，可是靈犀仍不捨得丟棄，真是癡心得沒話説。

偏偏冷子興要作弄這樣一個女子。

靈通嘆口氣，叫妹妹進來。

靈犀坐在姐姐身邊。

「姐——」

「別説了，去看看飯菜好了沒有。」

「姐，是我乞求母親不要告訴你。」

「明白了。」

「不，你不會明白，你只是原諒。」

「有風莫要駛盡幗，快，看老媽醒了沒有，替她做黃金面膜。」

「有用嗎。」

「敷到九十九歲，或許有用。」

「老媽有些能耐，住洋房，吃燉梨子，敷美容膏，不愁晚年，我等必須效法。」

「那人尚覬覦她的錢。」

「必要時報警。」

「外人很難明白吧。」

「我們活着不是要外人明白。」

三母女都覺得累，睡了個中覺。

醒來，靈通覺得自家無家無室無牽無掛，十分空虛，嗒然。

有電話找她。

是冷子隆呢。

靈通不由得笑，「什麼事。」

「姐，殷師告訴我你在溫埠，離我蜂場那麼近，你一定要來探訪。」

「我有其他事呢，我陪母親——」

「阿姨一起，我開車接你們。」

「老人家不宜穿州過省，拜託。」

「那靈犀非同來不可。」

「為什麼如此固執。」

「因為她是投資人呀。」

「我考慮一下回覆你。」

「這就對了，明午一時接你與靈犀，不用帶行李，帶件大衣便可。」

「喂，喂，當地氣溫若干？」

「攝氏零下十二度。」

他說完掛斷電話。

靈通找妹妹。

只見靈犀抱雙臂站窗戶前看景，美女背影寂寥，一如普通人。

靈通忽然說：「陪你出去散心。」

「沒心情。」

「是子隆約我們。」

「他聯絡到你？」

「接我們觀光。」

「老媽說——」

「你什麼時候聽過老媽的話。」

「……」

「我們去阿省，玩兩天回來。」

「我走不動，在這裏請子隆好了。」

「子隆沒做錯什麼，他也不是亂約人那種人。」

第二天，姐妹倆換上冬衣，王媽問：「滑雪？」

「去兩天。」

「留下電話號碼，我隨時會找你們。」

靈犀抱住母親的腰，「我不去了，我永遠陪老媽。」

王母推開她，「啐，啐，快快出門，找機會，我才不會養你們一輩子，我早就受夠了。」

靈通拉着靈犀出門。

枉她們姐妹擁有如此動聽名字，現在連生母都覺得她倆煩。

原來子隆已駛來吉甫車。

他沒閒着，專注看幾個少年踢足球。

足球忽然的溜溜朝他方向飛來，那是一隻高球，只見子隆二話不說，迅速反應，並不等皮球落地，縱身打一個筋斗，一隻腳迎向足球，剛好踢中，把它傳還少年，他自身則輕輕落地。

這一記奇技看得少年發獃，當然掌聲如雷。

兩姐妹也驚為天人，啊，真沒想到子隆還會這一套。

子隆看到她們，走近，「可以出發了嗎？」

少年纏住討教。

見到如許活潑及充滿生機一群，靈犀暫時丟下心事，露出笑臉。

靈通見子隆長高一點，過去拍打他肩膀，「好傢伙。」

靈犀在姐耳畔說：「像煞子興。」

靈通心想：子隆，一定可愛得多。

他們登上吉甫車，往北駛，足足半小時，抵達一個小型私人飛機場。

靈通立刻明白，耍手擰頭，「不，不，子隆，我不信你有足夠能力駕駛小型飛機。」

靈犀也笑說：「子隆，送我們回家。」

子隆只是笑，伸手與朋友招呼，那外國人出示飛行駕駛執照：十二年經驗，千多小時紀錄。

可以放心。

「一個多小時便到。」

靈犀實在想散心，「這樣吧，姐，我搭這一班，你乘下一架，以免老媽有可能同時失去兩個女兒。」

「去你的。」

他們登上同一架昔氏拿飛機。

靈通把額角頂在飛機窗戶，觀美景。

說美景，是真美景，洛磯山脈巍峨無比，早已積雪，周邊平原經過繁華城市，是一望無際平原農田，人，有時真需要離開繁囂之地，與自然接觸。

小飛機不穩，飛得低，在白雲間穿梭。

靈犀輕輕抱怨：「冷……」

高空溫度不適合她一百零一磅體質。

子隆斟飲料給她們。

還以為是熱咖啡。

但是不，靈通一喝就知道是藏族的酥油茶，此刻在華爾街十分流行，上班之前，那班博弈精英先喝上一大杯增加熱能，用來抵耗體力。

靈犀仍然懵然不覺，不知這一杯酥油茶大約可以增加一千加路里熱能，「嗯，」她說：「油油的極甜，好喝。」

可愛美麗的王靈犀，一貫沒有靈魂。

子隆不出聲。

片刻，靈犀雙手回暖。

到達阿省，飛機螺旋槳停下，是，還用螺旋槳，真是蠻可怕。

太陽已經西下，啊，是蜜蜂回家的時候。

子隆問：「乘車還是走路？」

姐妹齊聲答：「坐車。」

只怕越走越冷，結冰，回不了老家。

子隆又笑。

車子駛進私家路，不久看到一座龐大圓形原木建築，靈通最嚮往這種原始美。

「不，不是這一幢，這是豪華酒店，我的鄰居，我的農場在破屋。」

大家哈哈大笑。

再駛百多呎，看到簡陋木牌，上邊寫着中英文：嗡嗡蜂場。

靈犀抬頭又笑。

過去整年都沒笑那麼多。

不是破屋啦，設備齊全。

他們洗手洗臉，穿上保護服，走到戶外。

只見空地上數百隻半個人那樣高木箱，打豎一格格，工人用小小噴煙器小心噴幾下，飛揚小蜜蜂忽然靜下。

這時，靈通耳邊聽到嗡嗡聲，頻率不高，不刺耳，但連續不停，空氣似被微微震盪，啊，這是千萬隻蜜蜂發出的聲音，是牠們的翅膀拍動嗎，抑或是牠們在傳遞消息？

——又有觀光客來騷擾我們啦，唉，主人又要我們表演一番呢。

只見工人輕輕抽起一塊板，啊，上面結着六角形蜂蠟，佈滿蜜汁，豐潤至滴下。

靈通脫手套接住蜜汁，手指不由自主放進嘴裏，那種清甜，非筆墨可以形容。

面罩除下，一隻蜜蜂刺了她的面頰一下，靈通痛得叫喚。

子隆連忙走近替她拍開蜜蜂，放下面罩，這時，靈犀早避得遠遠。

他們也走進屋內，子隆細看昆蟲所針之處，只見一塊小小紅斑，像一粒胭脂痣，連忙敷藥。

靈犀走近，「好了，好了，該回去了。」

靈通點點頭。

這時，靈犀看到桌子上有啤酒以及花生，她抓起放嘴裏咀嚼，「嗯，好味道。」又拿幾粒，送一口啤酒：「不捨得走呢，子隆說，可以教我駕飛機，還有，再往北走，就是極光區。」

靈通看清楚她手中的花生，倒抽一口冷氣，不不不。

不是花生。

確是用油炸過，但靈通看到花生長着幾隻腳。

她按下靈犀的手。

（四）大悲無言苦不堪言夫復何言

靈犀覺得做農婦好不自在舒服。

臨走前，子隆送她們一箱蜜糖：「蜂蜜是世上最營養能量至高食物，又有防腐防菌作用，女性服用，最有益處。」

「謝謝。」

靈通輕輕在子隆耳畔問：「你大哥在何處？」

子隆這樣回答：「大姐什麼都好，就是喜歡尋根問底，靈犀是我大嫂，她知我不知，故此不會問我。」

靈通說：「被你氣壞。」

小飛機把她們送回市區轉吉甫車。

「還有什麼問題？」

「你打算一直務農？」

「我們在人工養蟋蟀，經濟實惠，營養豐富，在油裏炸一下，可當點心，靈犀剛才吃了不少。」

果然！

「租飛機運貨快是快，可是費用昂貴，還時時租不到。」

真是，這一個省份面積比歐洲三個小國加起來還大。

她們回到市區。

靈犀不論在飛機上或車子都睡得痛快。

看樣子她已許久沒有如此好好休息。

醒來，才知什麼叫腰痠背痛。

靈通還得往商場買紀念品送同事。

王母說：「這蜜糖，特別香甜，可惜重，不能帶十箱。」

靈犀有感想，「其實，一個女子要一百雙鞋子，七十隻手袋，七大箱衣物幹什麼，打扮得再漂亮時髦又如何，為誰辛苦為誰忙，轉眼間，那人看膩，又找別人。」

靈通笑，遲覺悟好過不覺悟。

這時王母閒閒走近，「你們姐妹，明早可有空，起得來否，我約了人逛花園。」

「什麼花園？」

「海景花園。」

靈犀納罕，「溫埠有這個花園嗎。」

靈通起先也不在意，然而，電光石火之間，她弄明白了，面孔漲紅，握緊拳頭，暴喝一聲：「不去！」

嚇得靈犀跳起，「怎麼了大姐。」

靈通眼淚暴走，「你聽媽的！什麼海景花園，她是要去參觀海景墓園，你還陪她烏攪！」

靈犀明白過來，「媽，你才整容不久，怎麼忽然想到這個——」

忍不住也大哭。

王母頓足，「神經病，人家范家姆媽兩個女兒陪老母去海景花園，看到家族小型花園，不知多嚮往：『媽，我們買這六個位置的，聚在一起，不怕寂寞。』」

這時，靈通與妹妹相擁已泣不成聲。

「好好好，不去不去，待你們臨急抱佛腳。」

哭得頭都腫。

王母納罕說：「你姐姐平日冷靜堅定，今日不知為何發瘋。」

靈犀覺得以往，姐妹是未到傷心時。

結果王母還是由范太太陪同去了海景花園。

她喜歡平石碑，不顯眼，不招搖，不招忌。

范太問：「不太寂寞一點。」

「你看這一列柏樹，滿地綠茵。」

服務人員高興：「那麼，王先生呢？」

王母挺詼諧：「他同別人葬一起。」

一陣風吹來，樹葉沙沙響，像在說：不怕，不怕。

她們打道回府。

靈犀仍然受異性歡迎，從來不缺義務勞力抬行李搬雜物。

上了車，司機樂叔與女傭阿喜齊齊説：「想念你們呢。」

回到娘家，兩姐妹滾到大沙發便睡。

隱約間聞肉香，只是起不來。

過兩日回到公司，大喝一聲：「喂，諸位同事，拿些活人的樣子出來！工作都完成沒有？」

同事們吐舌頭：「越來越厲害。」

「她不怕嫁不出。」

「低聲細氣的也一樣嫁不出。」

一窩蜂分紀念品。

——「這加拿大玉現在也不便宜了」、「楓葉糖漿最實際」、「土著製銀器首飾夠別致」……

大家高興，高興就好。

靈通收到殷師電話。

她想：許是殷師終於決定結婚，第一個通知她。

「王靈通！」

語氣非比尋常。

「我收到一張發票。」

「啊。」

「由你發出支票，銀行前來與我核實，支票開給一間輕型飛機製造公司。」

「是，是我發出。」

「你送飛機給人？」

「那不過是商用小型載貨飛機。」

「收件人是冷子隆。」

「是不錯。」

「收禮人説感激，他確實正需要一架這樣型號飛機。」

「高興就好。」

「王靈通，下次送大炮？」

「殷師別緊張。」

「王靈通，沒想到你也對男性如此闊綽。」

「不是這樣，這些投資之一——呸，我為何要對你解釋。」

「靈通，遠離這兩兄弟。」

「我毋須如此警告。」

「你以為你比十五歲少女勝多少？」

電話掛斷。

靈通隨即後悔。

她帶着最美味的水晶豆沙包與生煎包子到殷氏辦公室賠罪。

殷師似笑非笑看着她。

兩人先吃飽點心才說話。

助手進來，「這壽眉茶還可以。」

靈通作一個揖，「我言語上有錯失，抱歉。」

「朋友間可禁不起時時無禮。」

「不會再犯。」

「藏在心中也不妥。」

「不會了。」

「冷子隆自己也有零用。」

「我知，可是也許用來作別的用途。」

「你需要如此體貼嗎。」

「那孩子可愛，我見了他歡喜。」

「他們兄弟似乎都有這種魅力狐惑。」

「是我心甘情願。」

「這才叫做厲害。」

「來，多添一盞茶。」

「人呢，還沒有找到。」

靈通搖頭。

「換你是我，也會不耐煩放棄，他這次矯情做作過了界。」

「小郭幸福生活可有妨礙他工作。」

「小郭，你不知道？」

靈通不高興，「我就知道他已把舊友拋諸腦後。」

「靈通，他賢妻君子人已懷着三胞胎，他急得團團轉。」

「不！」

「千真萬確，這是天然三胞，醫生也是極之興奮緊張。」

「懷上多久？」

「兩個多月，看上像人家五六個月般大，醫生勸小郭摘掉一顆胚胎，夫妻抱頭痛哭，無論如何不肯，情願冒險——」

靈通吸一口氣，「可能有更大損失。」

「醫生也如此忠告。」

兩個懂事的明白人靜下來。

過一會殷師問：「你怎麼看？」

靈通牽一牽嘴角，「正式結婚夫妻，又那麼盼望孩子，不願放棄任何一名，也情有可原。」

「醫生與我說，只需隔腹往子宮瞄準其中一名，注射一次，那個胎胞，便會被其餘兩個吸收，那麼，母體可得生存保障。」

「啊，科學已進步到如此殘忍。」

「小郭哭得像豬玀，站都站不起。」

「母體十分危險嗎？」

「那是一定的，三個胎兒，必然早產，每個兩磅，也不一定存活。」

「機會率是多少？」

「不要管數字，很可能就是那10%。」

「你可有勸他倆？」

「這也是性格控制命運，我同他們說，還可以懷第二胎，成績也很可觀，被他們趕出門。」

靈通目定口呆。

「他們一定要表現父母恩情偉大，現在君子臥床，動也不敢動。」

「各人有條筋不妥。」

「你準備說什麼？」

「我會介紹一名資深陪月。」

「一個怕不夠呢。」

「天天做些清淡開胃菜，還有，準備嬰兒衣物用品。」

「什麼顏色，什麼尺寸，還有，最終保留得幾名？」

「不要悲觀。」

「以事論事。」

「叫什麼名字？」

「郭氏大中小。」

「殷師，給些鼓勵。」

「我才不會瞎七瞎八，瘋瘋癲癲。」

「一起探訪。」

「我才懶得見這對愚夫蠢婦。」

「殷師，那是一個小生命。」

「母體是大生命。」

「扼殺那一個，永遠不會出生、成人、讀書、做人，再生多十個，也不再是原先那個獨特小生命。」

「你的口氣同君子一樣。」

「他們有條件。」

「你自己去做訪客。」

「我不怕被趕。」

靈通帶着母親與妹子一起。

跑進嬰兒用品店，開門見山：「有親人懷三胞胎。」

店員笑得嘴角由一隻耳朵拉到另一隻耳朵。

王母與靈犀詳細聆聽推介，「是，是」，「對，對」，從來沒有如此服帖。

原來，根本不用奶瓶，用特種塑膠袋即可，光焓奶嘴，不知省多少工夫，衣物全部一件頭，同色同款，混一起穿，若果相貌實太像——「是同卵子嗎」、「醫生説是」、「呵太可愛，那麼，搽一搽腳甲，紅黃藍以茲識別」……

還有其他一百項細節，靈通用電話錄起。

「母體要關懷自身，少了她什麼都沒有，自己放第一位在這種時候不是自私。」

過幾日，靈通帶着鮮花水果各式禮物與懷孕的兩位女同事做探訪。

小郭打開門見一隊兵，嚇一大跳，隨即感動，「王小姐，你怎麼來了。」大小姐還帶兩名女傭，一個管收拾，另一名做湯水，都是熟手，由王媽朋友介紹。

君子躺床上。

靈通輕輕走進。

臥室陰暗。

靈通像婆婆似揭開窗簾，打開窗戶透氣，把一大盆白蘭花捧進，大聲說：「天亮啦，起床啦」，接過傭人斟來牛肉清湯。

君子掙扎起床，「哎呀，是大小姐來了。」

靈通攙起她。

平時英姿颯颯的女警官都變成蓬頭鬼了，五官浮腫，雙目通紅。

靈通說：「這兩位女同事你也認識，你們同病相憐，好好交換苦經。」

靈通找來熱毛巾，替君子拭臉。

「喔唷，身上有味道，索性洗頭兼洗澡，我們相幫。」

「不，不。」

人已被扶進浴室。

大家嘻嘻笑，氣氛不太壞。

小郭嗚咽，「大小姐，謝謝你。」

「為什麼不叫我師太？」

「別取笑我。」

「小郭，已經決定保留三個，那就咬緊牙關，死撐，是福不是禍，是禍躲不過，你擀偏門，自然有點煞氣，來，加油，鼓起勇氣。」

小郭忽然擁抱靈通。

「得了得了，不許再愁眉苦臉，留前鬥後，待甲乙丙出生之後，戰爭才真正開始吃苦，現在，有事沒事切忌大聲叫大聲叫。」

果然，浴室忽然傳出笑聲。

小郭顫聲問：「我們會捱得過嗎？」

「大家都是賤民，不妨直說：世有不知多少三胞胎，一模一樣，白白胖胖，一起吵鬧，齊齊忤逆，把父母鬥垮鬥臭。」

小郭眼淚鼻涕那樣笑出聲。

殷師聽到了探訪過程靜默一會。

「你支持他們生下來。」

「我沒那樣說。」

「你是外交能手。」

「他們早已決定。」

「給他們介紹一個多胞胎醫生。」

「明白，我推薦的陪月會做極好菜式：天天菜根樹皮，營養勝小鳥的巢，生長活菌的草。」

「你彷彿很高興。」

「殷師，在漫長但不經用的生命裏，有什麼比嬰兒出生更加開心。」

「靈通，我愛你。」

「結婚吧。」

不再苦苦尋找冷子興。

大家有了新目標：陪小郭及君子伉儷熬完餘下那六個月。

每天安排一個親熱朋友探訪一小時，靈通照例插科打諢。

她用本子把第二天要做的事記下給第二位輪更。

小郭說：「如此勞師動眾，不好意思。」

「閉嘴。」

王媽最起勁，用手編織小毛衣。

「不用吧，現買好啦。」

「你們懂什麼，每個嬰兒都要擁有溫暖牌手織毛衣。」

君子感動得流淚，這次，是快樂眼淚。

母體陷入緊急狀態，腹部皮膚被撐得極薄，看上去可怕，隱約可見胎兒手足，那靈犀，還笑着與他們捉迷藏。

「靈犀！」

「醫生說不怕，說可以外出散步。」

除出靈犀，沒人敢陪。

君子血壓突高。

眾人心驚膽戰，忽然沉默無言，看上去貌似鎮定，其實已經害怕得言語抽搐，苦不能言。

立即把君子送進醫院。

一屍四命幾個字就在胸口。

醫生會診，經過商議，決定即時做手術。

「——本來，以為還可以養多一星期——」

醫生訝異這一群七嘴八舌親人此刻為何縫上嘴巴。

看護溫言對病人說：「馬上可以見到兒子們了。」

是兒子，全部男生，這些日子，緊張過頭，沒有一人問及性別，只望母嬰健康平安。

更加不敢出聲，怕說錯話。

看護明白，「各位先回去休息，留一個在醫院等消息可好。」

靈通搖頭，眼淚四濺。

王母到底老練，「我們母女留下陪產婦。」

阿喜堅持不走，「我做跑腿。」

小郭來回來回那樣踱步。

靈犀實在忍不住，給他一顆藥丸，叫他用熱牛乳服下。

靈通輕輕問：「你的藥，戒脫沒有。」

「我會說會笑，身子運作如常。」

「很好，繼續努力，勿叫老媽老姐失望。」

靈犀嘆口氣：「做人真吃苦。」

王母說：「我進病房再看君子一眼。」

這些日子，君子險些變成第三名女兒。

君子已準備進手術室，王母不能接觸，只得在遠處抬高聲音說：「加油。」

君子還能微笑擺手。

王媽忽覺疲倦，由阿喜陪同回家休息。

只餘兩姐妹握緊雙手呆坐，滿懷心思，有苦難言，只得頻頻嘆息。

真吃苦。

沒說出口，靈通似聽懂，點點頭。

做女人真不容易。

美國家地理雜誌某期報告廿一世紀產婦致命紀錄，慘不忍睹。

靈通說：「即使是母牛，生產過程也悲慘痛苦。」

因為生命如是，每天發生，殘忍被淡化，人們看到的，往往是已經化妝的母親抱住嬰兒微笑照片，完全不似自鬼門關兜了一圈回轉。

靈犀說：「我才不會生養。」

靈通說：「你自小長得比誰都漂亮，佔盡天下優勢，偏偏抱怨至多。」

「還不照樣時時落淚。」

無論女權分子何等努力，這一關始終熬不過。

「老媽說，女子命中只有三類貴人——」

是，靈通也聽慣聽熟。

一是父母大人，父親有能力，母親有愛心，做女兒還不太慘，二是有兄弟愛惜，當可借力，三則有夫運，丈夫體貼，絕對無價。

這自然是老太太慣論。

記得較年輕時的靈通說：「老媽，不一定靠男性。」

老媽答：「可是年輕女性獨自打天下，何等辛苦腌臢。」

這是真的，越是無能肉酸的男子，越愛揶揄諷嘲把女子壓下，恨伊們搶去飯碗。嘲弄諷刺，方能出一口氣。

靈犀當然知道。

兩姐妹有一句沒一句聊着，四隻手越握越緊。

司機樂叔送點心來。

「太太叫我即時通報。」

「還在等消息。」

「郭先生呢？」

小郭蹲在角落，藥力發作，竟然盹着。

靈通說：「隨他去。」

「平時倒是神氣活現的一條漢子。」

「不知有無後悔堅持要三名。」

「噓，噓。」

靈犀說：「我不會生養。」

司機帶來的是蓮子紅豆沙，靈通連吃兩碗。

旁邊一個出奇漂亮小小女孩走近，看着她們。

靈犀不敢跟陌生孩子搭訕：「你也是女子嗎，可憐。」

靈通只輕說：「努力讀書，努力做事。」

唯一救贖。

小女孩家人叫她，靈通終於給她一塊巧克力。

「你隨身帶着甜頭？」

「沮喪時吃一塊可救賤命。」

看護出來，「郭先生呢？」

靈通連忙迎上。

「孩兒已來到世界，平安健康，甲乙丙分別重三磅、兩磅半、兩磅，哭聲宏亮，已送往育嬰室照顧。」

靈通聲音忽然陰惻，「母親呢？」為何沒有先提母身。

「出血不止，正在控制。」

靈犀尖叫，「你們這班庸醫！」

另外一名看護急急阻止，「不要緊張。」

小郭這時搖搖擺擺走近，眼若銅鈴，「我妻可有危險？」

醫生急急說：「請允准必要時切除子宮。」

小郭吸進一口氣，「我願意簽署。」

他們三人又坐在一起，衣衫被冷汗濕透。

醫生說：「讓他們看嬰兒。」

靈犀忽然發脾氣，「我不看！」

小郭卻跟着看護走。

三人隔着玻璃箱看到初生嬰兒。

小郭穿上白袍口罩走近，受到震撼，孩子小得似人形玩偶，身體接滿管子，皮膚極紅極薄，看到血管青筋。他退後一步，本來已有心理準備，卻也嚇得魂飛魄散。

看護安慰：「放心，三個月後，白白胖胖抱回家。」
姐妹倆回家沐浴。
王母問：「情況如何。」
「三隻小老鼠。」她們其實沒見過小老鼠。
「娘親呢。」
「生產是血肉模糊的一件恐怖事件。」
「該稍微孝順一點吧。」
「不，無端來到世界，苦也苦煞脫，有脾氣照發。」
沐浴休息，不敢怠慢：身穿運動服，隨時預備出發。
這時，靈通忽然嘔吐大作，把先前所吃食物全部吐出。
還不敢添亂，不聲響，喝杯熱茶，睡倒沙發。
不知睡多久，幸虧沒做噩夢，忽覺有人推她。
「姐，姐。」
她睜眼，「我這就跟你走。」

靈犀抱住她，「醫生通知，君子已過危險期。」

靈通鬆口氣，「啊，如同身受。」

靈犀回答：「不，我們好好在家睡覺。」

姐妹連忙喝粥出門。

「老媽呢？」

「已經趕了去看君子。」

到病房，聽到王媽這樣對有氣無力的產婦說：「——不怕，我有一流醫生，巧奪天工，多鬆的肚皮也縫得回去，廿三吋腰圍。」

靈犀笑得蹲下。

三個都不能抱回家。

第二天她們朝殷師匯報。

「我不要聽詳情。」

「我們亦不知詳情，只知孕婦嘔吐三個月，後來嚴重浮腫、出血、縫針、血壓高，妊娠血毒。」

「夠了。」

「小郭請你取三個名字。」

「叫討——債——鬼。」

「殷師。」

「聽說曾經危殆。」

「沒有啦，母親仍然留院觀察，三磅那個已會得笑，像老頭子，全身皺紋。」

「奇怪，世界擠爆，還有那麼多夫婦爭着生產。」

「數目已經少得多。」

殷師身邊有一本英語易經，取過翻一下，順口說：「叫『震☳』、『頤☶』、『屯☵』。」

「嘩，好名字，筆畫簡單，不怕罰抄。」

「他們夫妻均無父兄叔伯，由我等代庖。」

「我們就是長輩，那三名若不聽話，打！」

「沒有孩子的人總覺得打可以解決一切煩惱。」

「所以要易子而教。」

「真沒想到君子那樣受盡酷刑還可活下來。」

「做點好的給她吃。」

這時，有稀客來訪。

噫，是張總探。

殷師輕輕說：「升副署長啦。」

「大駕光臨。」

他手裏拿着鮮花與禮物。

沒想到如此長情，殷師語氣漸漸溫和。

「你可以自己去。」

他只是微笑。

看上去比從前更加英軒。

「你也好事近了吧。」

他低聲答：「沒有。」

「禮盒裏是什麼？」

殷師倚老賣老打開看。

原來是三枚用紅繩結着金光燦爛金鎖片。

「聽説是極其難得天然三胞胎。」

「可不是。」

「君子一定吃足苦頭。」

「正如此。」

「做男人真便宜。」

「説得好。」

「我告辭了。」

「喝杯咖啡，説來聽聽，局裏有何大案。」

「沒什麼，昨夜一女子躺在陰溝，面孔被打得稀爛，胸口插刀。」

還是叫人倒抽一口冷氣。

「可是，她沒有死，正急救中。」

啊，還得活下去。

「誰下的毒手。」

「吸毒男子，勒索不遂，動了殺機，他是她兒子。」

大家靜一會。

殷師揮揮手，「你那份工作，簡直不是人幹的。」

「多謝殷師誇獎。」

靈通輕輕問：「女朋友呢。」

「除出君子，我從無女友，眾所周知，她已嫁人，且誕下三胞胎。」

靈通關上門。

「他似乎言若有憾。」

「得不到的總是好的。」

「他沒想到君子會為家庭作出如此貢獻。」

那三個孩子不到一個月，已經長肉，而且很會笑。

忽然長許多體毛，這時看上去像小猴子，三磅阿震有點肉，靈犀喜歡抱在胸口，肉貼肉，助他安穩。

靈犀身段奇佳，鬆卻鈕扣，惹人注目。

說時遲，那時快，漸漸肥胖，三個月後，抱着回家。

小郭又一把眼淚一把鼻涕，殷師把他拉到一邊，狠訓，他才抹去淚水。

隔壁有太太產下九磅仔，差不多即時可以直接入學前班，叫人艷羨。

王母說：「我們也快了。」

最熱情是她，也只有她分得出震、頤、屯。

由殷師替小郭付醫院費用。

「不可，你的是血汗錢。」

「你也不行，你出生入死。」

她們看着靈犀。

靈犀拍胸口，「我主持公道，大家分攤。」

不是小數目。

郭家地方寬敞，佈置成育嬰院那樣，倒也爽快。

一日，忽然發覺阿震朝她們一步步走近，「嗨嫲嫲」，他說，大家喜心翻倒，笑得落淚，連靈犀都成為阿嫲。

張副署長對靈通說：「君子向我道謝，請問孩子們是否十分漂亮？」

「不，很蠢很醜。」

「是，是，那樣才快高長大。」

靈通微笑。

「你們還沒有找到那人？」

靈通一時沒轉過腦筋，還一味想着那三隻小猴子，「誰？」

「冷子興。」

靈通一怔，呵，沒心沒肝的人類，這麼快便將該人拋諸腦後。

她緩緩答：「沒有。」

「可要懸賞。」

「我想不必，靈犀已漸漸淡忘被遺棄傷痛，我與冷氏，不過是姻親，並無實際關係，很快丟淡。」

「這冷氏真是奇怪，竟躲得毫無影蹤。」

靈通不願再提那個名字。

但張揚好像還有話說。

靈通心中納罕，剛想道別，忽然聽得他說：「見過王靈犀，才知天下真有美女。」

啊。

靈通靜一會，「如今她獨身。」

張揚還是沉默。

「你也獨身，你可嘗試約會她。」

聲音忽然沙啞，「我是一個白領打工仔，自慚形穢，不敢輕舉妄動。」

靈通忽然笑：「她是無業遊民，配打工仔已是高攀。」

張揚也忍不住笑，「大小姐，你太客氣。」

「你是問我意見吧，她不是結婚對象。」

「沒敢想得那麼遠。」

「說實話，我相當怕與靈犀共處，每朝早她會推醒我：姐，今天我們做什麼，她永遠是個尋歡作樂的少女，纏身是目的，當然，如果愛她，那就是旖旎，張揚，你要想清楚。」

張揚彷彿真的鄭重思索，忽然無奈地笑，「請大小姐正式與我介紹。」

「你大可自己致電。」

「我不敢。」

因愛故生怖。

「大姐，君子成人之美。」

忽然聽到君子二字，靈通感慨萬千。

他並沒有矇實雙眼，他也並非年少無知。

他是一個萬分精明英悍理智的壯年人。

「你哪來的時間追求？」

「我有半年假期。」

「那麼，」靈通說：「讓我安排一個日子。」

「感激。」

禍福無門，唯人自招。

也許說得太嚴重，王靈犀不過長得好看點，她不是災星。

「大姐你時常碰到像我這樣要求正式介紹靈犀的厚皮男吧。」

「初中時期有。」

張揚面孔已漲得通紅。

「說到此地為止，我會安排。」

「我的電話——」

「我有你名片。」

他仍然不放心，再說一遍。

靈通嘆口氣。

靈犀回轉，靈通把張探長的要求明確說出。

靈犀還是靈犀，像似一團火重新得到氧氣，她雙目閃爍，越聽越精神。

「啊，佩槍的男人。」

靈通沒好氣。

「長得可漂亮。」

「你在報案室見過他。」

「沒留神，不記得。」

「這次看清楚。」

「約在何處。」

「你自己與他講。」

「你也一起。」

「才怪。」

王母聽到，輕輕說：「不做中不做保不做媒人三代好。」

是有這個說法。

靈犀講究約會，她約張揚在纜車站，是，本市真還有那樣一個地方，山頂有一條小路，一邊是山，另一邊是海，還有流水淙淙，一爿咖啡店賣的熱狗硬如磐石，卻從來無人介意。

他們去了該處。

靈犀只穿白襯衫卡其褲。

靈通希望張探長不要穿整套名牌西服。

照片傳來，好彩！他也穿白襯衫粗布褲。

有點苗頭。

兩個都不是適合結婚的人，多理想。

真沒想到伊們會正式約會。

靈犀說：「有時兩人各一份報紙，一起吃早餐，淡靜舒適，襯着日照，忽然覺得幸福，前所未有的安樂。」

可憐。

在王母眼中，更麻煩的是靈通本人，看樣子真與婚嫁無緣。

靈犀說：「他有幽默感，不多說話，很遷就我。」

這個他，是張探長。

還以為她會嫌他乏味。

「不會啦，我看着他為我剝蟹腳，都當樂趣。」

靈犀喜歡海鮮，但怕剝殼，凡一吃多，又會敏感發疹，是一個麻煩需勤力維護女子。

小郭與家人每週必來探訪。

君子身體已完全恢復過來，每天下午輪流帶一個孩子到偵探社幫忙。

探訪王母則三個一起。

人與人之間真講緣份，有許多無緣無故的愛，也有許多無端白事的恨。

三胞胎一見王媽，來不及上前抱住訴苦，剛學講話，說很多，有時激動流淚，但完全聽不清，瞎七瞎八，必定是兄弟的錯，三人都吃了虧，苦得不得了，需要阿嫲主持公道。

要待吃過豐富茶點，才平下意氣。

人生速寫。

一年過去。

靈犀說：「三個都不喜歡，但又三個都很歡喜，兩磅那個最有趣，時時告訴我，他出生時只得兩磅，要多疼他一點。」

吃湯圓時，兩磅會得抱怨：「人人有兩團，我只得一團」，又訴苦：「嫲嫲不像以前那般真正痛愛我了，現在只是啊啊啊。」

笑得一家人翻倒。

都希望養一隻狗，但他們母親說：「狗進門，我出門。」

一日下午，靈通在辦公室正忙，來了位客戶，一向對靈通有點意思，這次賴着不走，靈通不想得罪他，一味敷衍。

那人忽然說：「我已辦妥離婚手續。」

糟。

幸虧這一日靈通幸運，助手通報：「一位冷先生找王小姐。」

靈通驟然抬頭。

這世上，她只認識兩個冷先生。

「快請進來。」

可不就是冷子隆。

「子隆，稀客，稀客，正想念你，可不就盼到你出現，太高興啦。」

握住他強壯手臂，細細打量。

啊，這小子又漂亮多三分。

另一位人客知道已經不能把話說下去，訕訕站起，「我們改天再約。」

「一定一定，一起去吃螃蟹。」

一陣風似把他送走。

子隆只是笑。

「子隆，一年不見啦。」

「真是，那麼快就一年。」

「你來幹什麼，捨得蜂群蜂后嗎。」

「大姐，我來教學。」

「嗄。」

「我到大學教體育。」

「蜂場呢？」

「出售，許多人爭呢，瘦田無人耕，耕開有人爭，我來把飛機費還給你。」

越來越像他大哥。

「不必還得那麼快。」

「賺到生活費，可以自由。」

靈通冷不防問他：「大哥好嗎。」

誰知他答：「真想念他。」

突擊不成，靈通有點愧意。

「請你吃醉蟹。」

「我不吃那些。」

「有無帶油炸蟋蟀給我們當點心。」

兩人都笑。

靈通忍不住，緊緊擁抱冷子隆。

好久不願放手，聞他的陽光氣息。

「子隆，你究竟什麼年紀？」

子隆笑着握住大姐的手，「不是十六，也不是十七，我已二十有三。」

「老大啦。」

子隆卻說：「越來越漂亮。」十足誠意。

好話人人愛聽。

「教哪種運動。」

「我到大學組水球組。」

什麼，真沒想到他還是泳將。

忍不住打量他身形，果然，太平洋肩，鼓鼓二頭肌，好身段。

靈通一直微微笑。

子隆問：「各人好否。」

「算是託賴，老的健壯，中的感情也有着落，小的活潑可愛。」

「你呢，大姐，你從不談自己。」

「我老樣子，乏善足陳。」

「聽説升做副廠長。」

「這時才知道被老闆蒙了去，根本一進廠做跟班時就一直打理這些工夫，喝啤酒嗎，」打開小冰箱，「你喝我好陪客人喝，十年來學得油腔滑調，逢人必説假話，再肉酸的奉承都做得出來，漸漸迷失真我，夜半醒轉，不勝悲。」

「大姐真會自嘲。」

「子隆，聽見你回學校，心中酸澀，那也是我的夢想：做得累，回校休息一會再做，但學位也許會等，工作晉升機會卻不會等，一停休，下邊的人便爭位上……越來越醜俗，苦不堪言。」

子隆聽了怪心痛，「大姐負責任，其實家裏生活綽綽有餘。」

「子隆，真想念你，盼沾一沾你身上陽光氣息。」

「哪有大姐說得那麼好。」

「回來住何處。」

「說是說宿舍，一看，堆滿人家棄置的枱椅，正在收拾，怕要三兩天。」

「那麼，行李先挪到我處。」

「我沒有身外物，教游泳，不用行頭。」

靈通只是笑，說不出話。

想必是穿小小三角史必度泳褲便可工作。

「我找人幫你搬去雜物。」

「謝大姐。」

靈通把門匙給他。

這是獨身女子最忌諱的行為。

但子隆不一樣，子隆是弟弟一樣。

「那我先回去休息，等你下班回來。」

子隆出去之前碰到眾女同事。

——「那小孩越來越好看，是眼睛糖果。」

「別太活潑，王小姐不高興。」

「不是老叫我們拿些活人的樣子出來嗎。」

「唉，王小姐越來越刻薄。」

傍晚準備下班，靈犀接她。

她與妹說起子隆。

「什麼，在你家？那可不妥，他不是小孩了。」

靈通靜下。

「姐，你也有疏忽之時。」

果然如此。

「這樣吧，你挪到我處，他住你屋子。」

「那不行，不久之前，我是他大嫂，況且，張揚那處不好說話。」

「他易妒？」

靈犀點頭。

「可有過份？」

「酒吧鄰桌有男客看多兩眼，他會索性走過去大聲説：『好看嗎，看仔細些』。」

嘩，「可有亮槍？」

「姐別打趣。」

「對方可有反唇相稽？」

「張揚雙目有煞氣。」

「妹子，你要小心。」

「我都不大出去，在家研究烹飪。」

「啊，會焓蛋啦。」

「嘿，雞蛋才不好焓，太生太熟都不行，蛋殼有時爆開……」

終於還是陪姐姐一起回家探訪子隆。

見到，愛嬌得不得了，「子隆，」緊緊抱住，親吻臉頰，「你不認得我了，我老了十年不止，渾身打褶，不敢穿短袖衣服。」

子隆把前嫂子擁懷中，一臉總算盼到她的樣子。

不知就裏的人，會看不順眼。

靈犀握住子隆手，「我吃苦吃到眼核你可知道。」

「我知我知。」

靈通沒好氣。

她聞到肉香，走進廚房，看到一隻大大鍋，正在燜香肉，她打開鍋蓋，幸虧只是牛尾，不是狗肉，她順手把一旁切方塊的蔬菜扔進鍋裏，隔十分鐘好吃了。

只見他們二人肩擁肩那樣噥噥細語，不知說些什麼。

這時，有人按鈴。

靈通「咦」一聲，這會是誰。

一張望，是張副署長。

她連忙走近靈犀，「張揚找到這裏來，子隆，廚房有碗碟需洗。」

這才去開門。

張揚笑着進來，「打擾，大姐。」

一眼看到英軒的冷子隆。

靈犀伶俐，為省不必要麻煩，如此說：「揚你太熟不拘禮，以後，先用電話知會。」

「大姐不會怪我。」

「你來幹什麼？」

「接你呀。」

「揚，給你介紹，靈通的朋友子隆。」

子隆會意，走到大姐身邊。

靈通說：「接到人，該走了？一包糕餅也無。」

把他們兩人推出門去。

她是真的沒好氣。

張揚在門口已經有意見：「那孩子是大姐的朋友？大姐真好膽識。」

靈犀答：「大姐生活沉悶。」

「你可有向大姐說實在太年輕不是好事。」

「你是她老媽？」

「可是——」

「肚子餓，吃螃蟹去。」

「不是說吃後一身腥臭不要再吃。」

「這回子又想吃。」

屋裏的靈通讓子隆盛牛尾湯給她。

「那是靈犀新男伴？」

靈通頷首。

「靈犀怕他。」

「不，靈犀愛惜他，不想他不高興。」

「差那麼一條線。」

「可不是。」

就那樣，子隆在她家住下。

三兩個星期過去，他沒搬往宿舍，靈通也不提。

子隆當自己家裏，傭人放假，他做家務，簡單吃食，難不倒他。

早出晚歸，一身泳池氯氣味。

靈通極之享受他作伴，她開始準時下班，等他回來，聽他笑聲。

子隆頭髮長，留着小髫髭，別的泳將都將身上阻水毛髮剃卻，他卻毫不介意。

「大姐幾時來參觀我們練習。」

大學設備完善，分室內外淡鹹水兩個泳池。

靈通對靈犀說：「我知道你會有興趣。」

靈犀看着大姐，半晌作不得聲。

隔一會說：「他還在你家。」

「是。」

靈犀輕輕說：「你們已成為一對。」
「我憑什麼有非份之想。」
「他也沒說要搬往宿舍。」
「沒有。」
「大姐，請他快走，越快越好。」
靈通憔悴地微微轉過臉。
「你對他有感覺，真納罕，我卻只當他是小弟。」
「那是因為他很小的時候你已經認識他。」
「老媽會生氣。」
靈通忽然微笑，「老媽什麼都氣惱一番。」
「這會要她老命。」
靈通不出聲。
還是約好時間去觀水球練習。
真沒想到，奧林匹克尺寸泳池旁早已坐滿了，且大部份是女生，拿着揚聲道具，年輕的她們已經興奮得面頰紅彤彤，組成啦啦隊，預備大聲吶喊。

靈通沒想到如此大陣容，一時找不到座位。

但靈犀不是白白長得美，她擠上去，咕咕噥噥對男生們說幾句，約莫是「我與姐姐沒處坐」之類，立刻有人擠出兩個小小空位。

姐妹倆坐下。

又有人遞上礦泉水。

兩隊泳手列隊出來，歡呼聲震響，靈通心想：考試溫習又不見如此熱烈。

隨即明白。

只見少年賽手全部身段健碩，六塊腹肌，腰細腿長，正是男子色相最旺盛漂亮時刻，引得女生尖叫。

靈犀忍不住笑，「像什麼樣子，這是大學之道？」

靈通沒說話，她看到子隆。

兩隊穿紅黃泳褲，戴同色泳帽，但隊長戴白帽。

子隆身上濺上水，渾身亮晶晶，他那性感是可以看得見的。

觀賽者彷彿已與他很熟的樣子：「子隆！子隆！」一直大聲喊。

吵得耳朵與頭都痛。

靈通發獃。

從前，冷子興也引得如此掌聲嗎。

靈犀輕輕說：「子興冷冰冰，驕傲，不一樣。」

水球與馬球最耗體力，還有就是迴力球。

無間斷地打足四十五分鐘，靈通看得筋疲力盡。

子隆那隊只輸一球。

這時，連穿着西服的教授講師都出來看熱鬧。

一邊說：「許久沒有如此振奮。」

「可以賣票籌款。」

靈通已坐得雙腿微微發麻，緩緩站起。

不料子隆已出現在面前。

人山人海，他看到她們。

他裹住一條大毛巾，熱情擁抱靈犀。

靈犀揶揄：「輸球還那麼高興。」

子隆笑着轉身，「大姐。」

他鬚髮全濕，貼在英俊臉頰。

靈通忍不住摸一下他的鬍髭。

真沒想到，子隆趁勢握住靈通的手，輕吻一下。

靈犀當然看到，立刻別轉面孔。

靈通沒想到子隆會在大庭廣眾人山人海之間做如此親暱動作，她退後一步，拉着靈犀的手。

「我們先走一步。」

（五）那小孩

接着，有擁躉湧上，包圍子隆。

靈通到了停車場才鬆口氣。

靈犀不出聲。

隔一刻，靈通說：「不是你想像那樣。」

靈犀答：「自然不是外人可以想像。」

「我不想解釋。」

「你毋須解畫。」

靈通不出聲。

「現在你明白為何當時我一定要與子興結婚。」

作為大姐，靈通實在不能再說什麼。

「我醜態畢露。」

「第一，喜歡一個人，與美醜無尤，第二，你還可以叫他搬家。」

「開車吧。」

「不捨得是吧，我明白。」

「你知道什麼。」

「大姐，也許我連上大人孔乙己都不知道，但我瞭解你此刻情懷。」

「還不開車，我下車。」

靈犀把她送回家。

靈通下車，並沒有即時回家。

她到附近一間冰店吃冰淇淋。

店近大學，閒時許多年輕人逗留，一杯西冷紅茶坐兩個鐘頭，店東也不以為忤。

她是熟客。

「王小姐好。」

「今天我請客，這裏所有客人每人一客腿蛋治加香蕉船。」

「嘩，王小姐豪氣。」

眾少年知道，鼓掌。

王小姐自己卻吃不下。

店東說：「我給你做黑牛孖糕。」

「那不是叫噴火美人嗎。」

店東給她拿來一杯沙示汽水加兩球冰淇淋。

「我們要拆卸了。」

「搬到哪裏。」

「本人已七十有三，打算結業。」

「那，這班少年何處去？」

「回家吧。」

「家中何處可以這樣親熱。」

店東微笑，「王小姐你也不帶男朋友。」

「我尚無男友。」

「怎麼可能，兩位王小姐都是美女。」

靈通也笑。

適才被子隆驟然吻一下手指，至今尚有微溫，一直傳到心胸。

「王小姐，要抓緊時機啊，切莫蹉跎。」

靈通點頭，「多謝忠告。」

她付賬，少年們又鼓掌，有人替她開門。

走到門口，靈通抬頭看招牌，冰店叫什麼？一向只是冰店冰店那樣叫它。

啊，原來它叫喜相逢。

她緩緩一步步走回家。

變遷是不可能避免的事，時光一去不回頭，大學生二十出頭跑到社會做事，雄赳赳氣昂昂，啊日月快要換新天，日子過去，很快到三十、四十，也沒掙下什麼錢，忽爾老去，變成以前看不起的阿伯阿嬸，也開始混飯吃，走向被淘汰之路。

不，不，靈通同自己說：這不過是社會問題，目前與她沒有大關係。

她要處理的是到了家，如何面對子隆。

他已經回去了嗎。

抑或和同學慶祝，談下次比賽策略。

這一段日子，他客居她家，自出自入，靈通從不關心他去何處，她有時加班到天亮，進門，他剛要返校，只是說一句：「姐別太辛苦。」

他在家吧。

終於一步步踱到家門。

用鎖匙開門，滑手噹一聲掉地下，拾起，再開。

室內無人。

他果然還沒回轉。

少年回來與否，與她有何關係，這叫枷鎖，他在她心裏有了位置，是一種牽絆的縈擾。

她吁出一口氣，脫去鞋子外套，走向浴間想沐浴。

忽然聽到共用書房有輕輕聲響。

她走近。

啊，子隆在電腦前操作，設計下一場水球賽的攻與守。

她輕輕走近，站在他身後。

他的頭髮已經半乾，微鬈伏貼在頭上，只穿一件背心，露出漂亮肩膀。

他知道她在身後，但是紋風不動。

靈通全身細胞已變成不隨意肌，自己有主張，自己有生命，她微笑，伸出手，撥開他額角頭髮，如此柔密如絲的頭髮，有一日，也會掉落稀疏，變成半禿或全禿。

不能再猶疑。

他微微側頭，趁勢握住她手，深深親吻。

靈通蹲下，看到他眼睛裏去。

子隆雙眼充滿憐惜，又有點遲疑，靈通相信她自己雙目也如此，她只知她已喜歡這孩子一段長時間，卻沒想到小孩也同樣喜歡她。

兩人都輕微顫抖。

她摸到他精密的助聽器，他索性摘下放桌上。

然後，騰出雙臂，緊緊擁抱。

他聽不到任何聲音，沒有必要。

她體內一絲悔意，一絲猶疑也沒有。

當然，連靈犀也一早知道，子隆這次回來，不是為着教水球。

他一直住靈通家，直到學期結束。

學校想與他續約，他沒答允。

靈犀心疼地說：「他遲早要走。」

靈通不出聲。

「可有叫你一起。」

「他在康瓦爾有一間船屋。」

「沒有冷熱水抽水馬桶你不可去。」

「他不會叫我生活不舒適。」

靈犀教誨大姐，真是一句句，「凡事要說清楚，千萬不要心照，喂，你心照明月，明月照溝渠。」

靈犀是一朝被蛇咬，終身怕繩索。

「那是一間屋子，建築在木筏之上，設備齊全。」

「其實此刻分手，是最理想時間。」

靈通不出聲。

「捨不得？」

「都被你說中。」

「母親已經知道。」

「她可有威脅投河。」

「你恁地看低我與母親。」

「老人家不見得贊成吧。」

「她希望你開心。」

「靈犀，我對生命的價值觀，同你與老媽完全不同，你們願意也有毅力克服各種困難，合理地愉快生活下去，這一點我十二分欽佩，我則容易心灰意冷，動輒笑比哭還難看。」

靈犀抱住姐姐，「那麼，結婚吧。」

靈通輕輕說：「那就糟蹋一段回憶。」

「他有提結婚嗎，子興那時，一定要結婚。」

「子隆也建議結婚，每次，我都怕他像那種七八歲小男孩，因為阿姨特別為他留了一塊糖，他就感動流淚，抱住阿姨：『阿姨我們結婚吧』。」

「你錯！」

靈通一怔。

「子隆是非常成熟的一個人，他與子興表裏完全不同，我認識子隆比你長久，子隆外暖內暖。」

「除出年齡差距，我們還隔着萬重山。」

「對，你有工作，他沒有職業，人家會說話，夫妻大概都會想要孩子，犧牲放棄那許多，換回是什麼，互相依偎取暖可行嗎，船屋之後，可是要重新裝修十七世紀堡壘入住！？」

靈通微笑。

「你會比他早許多老卻，皮子鬆弛，關節遲鈍，失去生育能力，不能再陪他攀山涉水，聽爵士樂一邊鬥酒到天明。」

「靈犀，你已成為理智大王，子隆若知你背後計算他，會不高興。」

「我不是歧視女性，有次看到德高垂老先生娶了少妻，日子久了，少妻當眾不耐煩：『該吃藥了，要說多少次才聽得見，不可喝酒，一口也不行！』不是嬌嗔口氣，而是真正不想再掩飾的不耐煩。」

口氣像殷師。

但是殷師卻像王母，什麼都不說。

她只管看好三母女的資產。

終於，她們也忍不住談論靈通的意向。

「真意想不到。」

王媽說：「你們一代最好，都為着自身生活，憑自己能力，在盡可能範圍尋找快樂。」

君子加一句，「以及養活自身。」

殷律師說：「在自由富庶社會中，也不難做到。」

王母說：「奇是奇在，你們各個有為青年，本來互不相識，各管各，在不同領域工作、生活、娛樂，可能永不相遇，卻因為一名失蹤人口，忽然碰在一起，不但成為好友，且配成三對，你說多麼稀罕。」

他們一直沒想到這一點，不禁面面相覷。

小郭說：「最猜不到是靈通與子隆。」

這時，兩磅童爬上他父親肩膀，用塑膠刀砍他脖子。

小郭問：「他們快樂嗎？」

君子答：「當然快樂。」

「比我們一家還要快樂？不可能。」

殷師看着那頑童，「如不及，也差不多。」

小郭摸着怪疼痛的脖子，「啊，那就相當快樂了。」

君子問小兒，「兩磅，你在幹什麼，快下來。」

「媽媽，我在斫殺紅海盜！」

保母連忙把他揪走。

由此可知，一個人的快樂，實在是十分主觀的事。

他們側頭看到靈通與子隆坐在一角陪其餘兩個孩子看探索外太空紀錄片。

兩人坐得很近，沒說話，只有孩子們嗚呼噫唏，表示讚賞紀錄片精彩。

照說，子隆比靈通小一截，靈通應該特別愛惜子隆，但事實剛相反，子隆反而把靈通照顧周到，成熟無微不至照顧靈通，她時時靠他強壯背上，他喜歡輕輕拉她面頰，靈犀看不過眼，「真是什麼年紀了，也不怕臉皮被拉鬆」，語氣相當妒忌。

紀錄片播到美航天署在零三年發射的機會號在火星已獨自漫遊十五年，本來只預備它運作九十天，沒想到它如此刻苦耐勞。

一八年某日，它這樣對地球說：「我想我的電池即將耗盡，眼前漸暗」，終於終止運作。

孩子們聽到：My battery is low and it's getting dark…忽然悲從中來，號啕大哭。

做母親的君子沒想到他們感情如此豐富，連忙帶他們走開吃點心。

子隆與靈通亦悚然動容，「機會號已經活轉，它深諳自身命運。」

小郭說：「多麼殘忍，它已智慧通靈。」

「那麼航行者一號呢，已飛離太陽系，往無限宇宙進發。」

孩子們一邊吃蛋糕，一邊還是痛哭。

君子安慰：「不怕不怕，天問一號即將抵達火星與它會面。」

「是嗎。」

「是，或許會有新訊息。」

「會給它新電池嗎。」

「屆時可等候好消息。」

子隆在靈通耳畔輕輕說：「Memento Mori。」

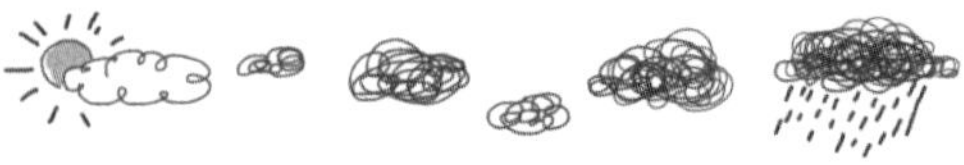

靈通頷首。

第二天，靈通便上書辭職。

老闆召她面談。

兩人對坐，無言。

終於，中年的他不服氣說：「聽說是個小孩。」

靈通作勢站起離去。

「坐下，想清楚了？」

靈通點頭。

「會後悔嗎。」

靈通搖頭。

「會長久嗎。」

誰知道。

「我替你把職位留着。」

「不用，升美麗。」

「這——」

「商界瞬息萬變，一季相當凡間十年，等無可等，任由誰回頭已是百年身，滄海桑田。」

老闆悲痛，「大家都捨不得你。」

靈通忍不住微笑。

「枉你如此靈通的一個女子，大家都以為你早已勘破紅塵。」

靈通答：「正是呀，不再追求無涯之巔。」

她走出辦公室。

同事們都得消息上來圍住她，有幾個還揉眼角。

算是這樣了，面子上做得這樣，已經不易。

靈通拍拍手，「不用做嗎，拿些活人的樣子出來！」

一邊開懷大笑，離開辦公室。

助手看着她背影。

「不怪她。」

「那男孩靈秀斯文體貼無匹。」

「英俊是其次，他有一種罕見陽光似溫暖，照亮人心。」

「希望人長久。」

「王小姐多年苦幹，服務社會責任已經完成，日後光陰，純屬她自身，任她自由調配。」

「日後會傷心嗎。」

「不知道。」

這時，老闆走出，吩咐會計部打開保險櫃，「把刻有鳴謝王靈通忠誠服務字樣那隻金手錶取出，過兩日送上。」

原來一早已有準備，誰走都一樣，每個高層都已做妥鳴謝忠誠服務紀念品一件，隨時應用。

幸虧王靈通從來不相信老闆會沒有她不行。

就那樣，靈通離開職位。

那天晚上，躺床上，出奇輕鬆舒適。

她忽然明白了無牽無掛這四個字的意義。

隨時可以走。

忽然輕輕哼起「耶穌知我名，耶穌知我名，那一日來到，耶穌喚我名」……

子隆聽到，走近，兩手把她臉頰拉開，直至她喊痛。

過兩日，回家向親人道別。

也沒有吩咐靈犀與張揚要多照顧老媽。

她一定會做。

君子最捨不得，「大姐對我最好。」

小郭說：「大小姐對每個人都好。」

子隆站一角一聲不響，他得到的是他們所失去的，他不敢開口。

臨走之前，靈通忽然像古人那樣跪倒，朝母親行大禮。

王母被嚇到，小郭與君子連忙拉起靈通。

子隆上前把靈通擁入懷中。

又是孩子們當哭家班領號啕。

趁混亂，子隆拉着靈通離去。

結婚？

他倆沒有結婚。

王靈通想也沒想過結婚。

在船屋中住半年，又往農莊住半年。

農莊有一隻小羊，甫出生，母羊失救，剛巧一隻斑點犬走近，義務為牠暖身，剛巧乳羊也一身罕見斑點，誤會那狗是牠母親，彼此相依。

子隆擔憂，小羊缺乏母乳中抗體，甚易罹病，他找來獸醫，在別的羊身上抽取血液，替小羊注射，又設法為牠合群，利用羊隻排泄物，使狗知道，喂，你與牠不是同種。

如此這般，為一般人眼中無事瞎忙的事忙亂，歲月如流，就這樣過去。

小郭說：「大姐把這些事，都配圖詳細傳給三個孩子知道，他們看得津津有味，做了報告給班上同學過目，非常非常受歡迎。」

「他們不會成為天才，兩磅的郭屯仍然心繫紅海盜。」

「誰要做天才。」

「真心嗎。」

「百分百真心。」

王媽問：「他們是會回來的吧。」

「啊，我們也可以探訪，我們時常通訊息，每次他們都留近照及詳細通訊地址及號碼。」

「居然仍在一起，真是奇蹟。」

「很少外出旅遊，只要兩個人在一起，已經開心。」

靈犀說：「她會比子隆先走。」

張揚看嬌妻一眼。

「我也會先走。」

沒好氣，這也好爭。

「你想想，先走可以少做多少事，我不是一個會辦事的人，我會束手無策，噫噫噫，我先走。」

張揚大笑。

虧得他，這麼久，也還與王靈犀在一起。

一日，張揚找小郭。

「郭，有事與你商量。」

「我所有的，不過是愚見，問君子更好。」

張揚有點尷尬。

「坐下，有事慢慢說。」

「王小姐懷孕。」

「恭喜恭喜。」

「不是我妻，是靈通。」

「啊，你擔心高齡產婦會得高危。」

「近四十歲不算高危。」

「子隆可以勝任，沒有人生下會當父母親，你看我，三個！照樣帶得

很妥。」

「你身後有君子啊。」

「你擔心什麼。」

「大家都忘卻子隆先天失聰。」

「哎呀哇。」

「小郭，你找名遺傳學家計算一下，子隆遺傳下代成數若干。」

不幸，「目前尚未發展至可檢驗這項因子缺陷。」

兩人沉默。

「可是決定不要——」

「當然不是，這在他們二人來說，是沒有可能的事，小郭，當年你與君子也無論如何都要把三胎完全保留，兩磅就是如此出生。」

「是，是。」

「孩子也可以佩戴助聽器。」

「那就不用打聽祖宗十八代何人有此遺傳了。」

「啊，你照老莊之論聽天由命。」

小郭點頭。

「但靈犀說——」

「就你一人把王靈犀說話當急急如律令。」

張揚訕訕。

「還有什麼事？」

「靈犀說——」

又是靈犀說。

「孩子如果真的天生失聰，可否放郭家與三胞胎一起帶，互相有照應，自己人作伴，學習順利些。」

啊。

你別說，靈犀也有做孔明的時候。

小郭連忙答：「是，是，好主意，太盞了，怎麼想得到，歡迎之至，像幼兒班一般，放學後四人一起作息，只看靈通是否答允，即使聽覺無恙，也可以一起生活。」

張揚見小郭贊成，眉開眼笑。

君子聽見，在門角說：「好極了，多個弟弟或是妹妹——」

「是弟弟。」

「又是男生，我剛想，有個嬌滴滴小妹妹，那多開心。」

大家忽然不那麼擔心。

「還有一件事。」

小郭說，「唷，好多事。」

「靈犀願意與我註冊結婚。」

小郭大力鼓掌，「雙喜臨門，總算等到這一日，千百年的禮法總不會錯，王媽應該最開心，讓老懷大慰是孝道。」

「不過，她有一個條件。」

「唷。」

靈犀一向有點刁鑽。

「她要靈通回來觀禮。」

「自己為何不說。」

「她說我們講比她開口好。」

君子覺得為難，「大姐鐵一般心思，很難轉彎，況且，她有孕在身。」

「多久沒見大姐？」

「差不多三年。」

「我們整家去他們那邊請。」

「那不如把婚禮挪到該處舉行。」

「趁王媽行動還算方便。」

「你看國際會議，各國喊打喊殺的元首，幾乎全部白髮蕭蕭，七老八十，王媽參加一次婚禮，算得什麼。」

「也得大姐答應。」

小郭說：「我是粗人，乾脆上門按鈴，不必知會。」

張揚驚說：「嘎，太沒社交禮貌。」

「你想不想註冊？」

「那也不能說走就走，他們要是出了遠門怎辦。」

「孕婦，去何處？」

小郭說：「快，快準備三個孩子行李，帶一個保母，我去訂飛機票。」

張探說：「分開乘飛機。」

「分你個頭，囉哩叭唆。」

事情被王媽知道，她獨自想了一夜，第二天一早，與大女視像通話。

靈犀正在吃點心，有點警惕，只是微笑。

老人終於開口：「我替孩子織毛衣，兩衫兩褲，你看，式樣同三胞胎一樣，四個外孫一起，壯觀。」

她老是把郭家孩子當自己外孫。

「靈通，靈犀要登記註冊，你來觀禮吧。」

「啊，終於對婚姻恢復信心。」

「男方不肯拖下去。」

靈犀微笑，老媽倒是不擔心她。

「張揚待靈犀極好，又一表人才，正式有高職，生活有規律，靈犀得益匪淺，許多壞習慣如大膽打扮與吸煙喝酒全部戒掉。」

靈通微笑。

「你回來一次吧。」

「我們怕人多。」

「不會，只是一桌，三胞胎想念你。」

「我與子隆說一下。」

誰知子隆忽然自一旁冒出頭來，「我沒問題。」

「你路上小心。」

子隆微笑，「我們不是失蹤人口。」

他到這一刻，仍然不肯透露他大哥下落。

兩人動身，的確比幾家人方便，靈通身手仍算敏捷，但經過長途旅程，也有點倦態。

婚禮在郭家舉行。

王媽看到大女，拉住不放。

瞪子隆一眼，「你這孩子，把靈通帶去老遠。」

君子說：「靈通你這幾個月就住下來吧，在本市生養，好有個照應，既來之則安之，我替你餵夜奶。」

靈通與子隆只是笑。

這時靈通剪短頭髮，與子隆一般穿寬大白襯衫，年齡界限無縫。

王媽拉着大女手不放。

三胞胎前來探訪，都把耳朵貼在靈通腹上。

「弟弟幾時出生？」

小郭乘機播放人類孕育過程紀錄片。

郭家總有說不完的情趣。

君子早已成為標準主婦，那即是（一）孩子（二）丈夫（三）家庭，完全消失自我。

她對靈通說：「關於孩子大小便——」

靈犀立刻走開。

眾人掩臉大笑。

註冊禮再簡單沒有，一對新人與證婚人簽署後禮成，哦，也得政府批准。

殷師獨自在一角喝香檳，全場酒水，由她贊助，到會的食物，由小郭夫婦包辦。

靈通坐到殷師身邊，頭靠在她肩上。

殷師順手撫摸她頭髮，「我是男人，我也愛你。」

靈通微笑不語。

「自廢武功，重返凡間的滋味如何。」

也還只是笑。

「一切都是緣份可是。」

不知誰忽然播放音樂，正是最愉快的款擺舞，只見三個孩子已找到舞伴，兩磅與王媽最夾，有板有眼，一前一後跳起。

各人笑不可仰。

這時，子隆忽然走到中央，拍一拍雙手，轉一個圈，伸手招靈通。

小小一個舞步，子隆顯得如玉樹臨風，他雙眼充滿笑意，似說：「來，來，陪我一舞。」

靈通也笑，剛想站起，被殷師輕輕按下，「你坐下，這次輪到我。」

她迎子隆走去。

靈通笑着看子隆。

只見子隆略有意外，卻毫不介意伸手接住殷師，領她轉一個圈，拉近，攬着她腰，輕輕舞起。

殷師忽然淚盈於睫。

被時間大神盜扒去的歲月，在旋轉間忽然回轉回轉回轉，去到她十七歲那年，在巴塞隆那一個廣場，日光炙熱，把她皮膚曬得似龍蝦，一個英俊年輕男子，也邀她起舞，她略一躊躇，即失去甜蜜機會。

以後剩下的，只餘冰冷苦學苦幹。

今次，她搶上去，得到最後機會，她又似嗅到那陽光氣息。

一舞結束，殷師再也沒有遺憾。

子隆把她送返座位。

靈通仍然搭住她肩膊。

這時，小郭輕輕坐近，示意有話要說。

君子對殷師叮嚀：「別喝太多。」

靈犀問小郭：「什麼事？」

小郭在她耳邊說：「有一個男人找你，此刻在門外等。」

「誰。」

「他說他姓王：『我是她們的父親呀』。」

靈犀一震，「什麼事。」

「『沒錢啊。』」

「要多少。」

「他們不會說定一個數目，怕要少了吃虧，一定是等你發配，然後說不夠。」

「怎麼會到這種地步。」

「不問也罷。」

「給，還是不給。」

「今日大喜日子。」

「別讓王媽知道。」

「那自然。」

「開了頭，他一定會再來，又來，來得更勤。」

小郭遲疑。

「是否很老很窘。」

「那是一定的，人的生活環境如何，一眼看出。」

真難。

「他要現鈔，不想在銀行出入。」

這時，子隆輕輕走到靈通身邊，遞上一疊現款，約莫一萬多元。

「子隆，麻煩你交給他。」

小郭說：「他說他想見你與靈犀。」

「不可能。」

子隆出去一會。

不久回轉，「他說不夠用到月底。」

靈通忽然微笑，「小郭，勞駕你同他說，我們也要用到月底，只此一回，下不為例。」

小郭點頭，出去，很快回來，「走了。」

子隆見沒事，進去招呼人客。

靈通鬆口氣，「幸虧沒堅持要喝一口喜酒。」

「怎麼找了來。」

「騷擾府上，不好意思。」

「哪裏的話。」

「會再來的吧。」

「到時再算。」

「拿到錢幹什麼。」

小郭不答。

「是否衣衫襤褸。」

「有點髒，有氣味。」

又說：「怎麼會到這種地步。」

「那你就不必理會。」

小郭沒說，他知道這種人。

但凡人類，有一個天性，種在因子裏，那叫上進，正常的人，總想做得好一些，那麼，生活隨着改善，有能力照顧婦孺、老弱，甚至社會不幸的人。

但有少數人，納罕地毫無進取之心，年輕時東家不打打西家，勉強餬口，年老找不到工作，索性坐倒，成為社會負累，又不願默然承擔少壯疏忽輕視生活後果，三天兩頭借貸，無恥連累親友顏面。

手頭略有餘錢要來作甚，當然先飽餐一頓，伴半打啤酒，然後，找一間房間，睡醒，洗個澡，召一個女人……

身為私家偵探的小郭，什麼人沒見過。

只是不明白，像王靈通如此一個爭氣向上、孜孜不倦的聰伶女，怎麼有一個如此生父。

他替她不值。

寬慰的是，她此刻身邊有子隆，處理不在情理之內的事，處變不驚，鎮靜得體。

再回到大廳，宴會已散，他們送走婚姻註冊員。

王媽回家休息。

殷師酒意濃睡着，被安排在客房。

三個孩子在電視機前看電光霍霍大叫大跳大殺四方的怪獸片。

子隆問靈通：「累了嗎？」

「想回農莊。」

「大家都想你留下。」

「豈能盡如人意。」

子隆只是微笑。

看得出他想有親友在側。

保母走近，把靈通雙腿擱到矮櫈，再給一杯普洱。

靈通不由得點點頭。

靈犀與張揚也告辭。

靈通居然也似盹着。

君子說：「大姐真不易，像換了一個人似，偉大。」

小郭答：「賢妻你又何嘗不是。」

君子鼻子都紅。

早已無人勉強女子必須傳宗接代，可是女子仍然不辭艱苦，這也是一種奮進的意志力。

（六）弟弟聽不到

老三郭屯，乳名兩磅，寫了一篇週記，拿到課室朗誦。

「弟弟叫冷淩，才三個月大，出生重八磅，是個小胖子，大眼睛，愛笑，極之可愛，但是，弟弟天生失聰，弟弟聽不到。」

這時，班上同學悚然動容。

老師也怔住。

郭屯唸下去：「弟弟長大可以安裝助聽器，但是現在，就得用美式手語與他交流意思，」他示範，「這樣，是弟弟不要哭，這樣，是弟弟我愛你，這樣，是弟弟好睡覺……」

老師已經聽得淚盈於睫。

同學們睜大雙眼。

「弟弟聽不到。」

郭屯回到座位。

他的日誌，拿到A級。

通常，揭露別人秘密文字都會受到歡迎。

雖說有心理準備，但兒科醫生正式證實嬰兒失聰，大家還是頹然。

子隆輕輕說：「大家沒有嫌棄我，也不會嫌棄八磅。」

嬰兒乳名八磅。

靈犀斬釘截鐵般說：「子隆你說什麼，你是我們的至寶。」

醫生說，到一歲左右，已可尋找科學協助。

日前，他們整隊親人都由子隆教導手語，君子擔任助教。

三胞胎因希望與弟弟交流，亦跟着學習。

子隆把手語訂在十句之內，他們並不想與嬰兒討論伊朗核武問題，或是聯合國到底有何作為，或是火星為何引起這許多國家興趣，他們最主要是在注射防疫針時對寶寶說：「不怕不怕」，或是「媽媽在此」。

最簡單是「抱抱」，伸長雙臂便是，比較複雜的是「想大解嗎」。

很快適應下來。

八磅十分聰明，一看便會，也會學做手勢，他一定以為，世界就如此。

各人特別心痛。

最艱難的是，還不能露出來。

靈通很慶幸她留下與親人在一起。

這一段時間，她靠他們扶着。

醫生告訴三胞胎：「與弟弟講話，嘴巴要照發聲緩緩郁動，好讓他學習。」

孩子們謹記，抱起八磅，對牢他，慢慢說話。

一日，靈通聽見阿大對阿二說：「誰要是欺侮弟弟，我把他腦袋打下！」

原本應當阻止，但身為長輩的靈通沒有那麼做。

一日，弟弟忽然發聲，他說：「弟弟。」

阿大最開心：「是，你，弟弟，我，哥哥。」

八磅說：「哥哥。」

發音相當清晰。

帶一個身子有障礙的嬰兒，是非常吃力一件事。

那是靈通與子隆的全職。

漸漸他們諸人習慣半用手語，家裏很靜。

下午三時，把八磅送到郭家，同放學三兄弟聚頭，晚上吃完飯回去。

每晚告別都要拉扯一番。

不捨得。

週三週四到醫院手語班與其他失聰兒交流。

一次，張揚與靈犀列席。

兩人大大吃驚，竟有這許多聽障兒！

靈通點點頭。

「但社會表面很少見得到他們。」

這社會有多虛假可想而知。

子隆笑笑說：「是呀，既聰明又美麗的幸運兒就不要牢騷多多了。」

靈犀飛紅臉頰。

也只有子隆敢大膽説話。

可愛的子隆，在室內也把小兒綁在胸前走來走去。

那幼嬰與他一模一樣相貌，一看就知道是父子。

在超級市場碰到其他太太女士，都會投以憐愛目光。「啊。」

有遺憾？是，上天一向極少順從人願，而人間往往美中不足。

到這個時候，眾人已經絕口不提冷子興三字。

不是氣忿，不是不甘心。

而是人的天性實在健忘。

忙着替弟弟安裝設備，擔心他的反應，憂慮小朋友的歧視。

手術室中，接受麻醉的弟弟像一隻洋娃娃。

看護微笑，「真是漂亮的小弟弟。」

兩磅擔心問：「會痛嗎？」

子隆打手語：「不會不會，不怕不怕。」

醫生告訴他們：北美若干家長，不願為子女裝設設備：不要改變他們。

靈通這時才知她還是最勇敢的母親。

整家人為弟弟緊張，王媽忘記老之已至，靈犀忘記是季秋裝顏色不好看，張探臉部神經忘記放鬆，小郭每日只到偵探社一小時……

弟弟裝上小小助聽器。

子隆說：「咦，比我那個先進得多。」

小巧毫子大小傳音器像揿鈕那樣啪一聲搭上，開啟，弟弟便可以聽得到。

「幼兒首次突然聽到聲響，可能驚惶哭泣。」

大家聚精會神在試聽室等待。

除出子隆，人人手心出汗。

王媽抱住靈犀，靈通還算鎮定。

醫生微笑進內。

「嘩，這麼多人愛弟弟。」

子隆把弟弟抱膝上。

「讓他自己坐椅子。」

靈通忽然輕輕問：「當年，誰陪你進試聽室。」

「子興。」

靈通點點頭，又記起他。

醫生打開電視，畫面播放動物活動片段，一群雞，拍着翅膀，「咯咯咯，咯咯咯」。

三胞胎情不自禁，也舞動手臂，一邊咯咯叫。

弟弟很奇怪，睜大眼，看畫面，又看哥哥們。

醫生在這一刻啟動助聽器。

眾人屏息。

弟弟小小身軀一震，抱住母親，可是沒有哭，勇敢的他忽然頓悟。

他張口：「咯咯咯」，學着哥哥，張開手臂，並攏，作振翅狀。

大兒上前，對弟弟說：「弟弟，雞。」

大人們笑，感動落淚。

靈犀哭得最厲害。

她蹲到孩子面前，指着胸口：「我，媽媽。」

弟弟忽然笑，轉過頭，指着靈通：「媽媽，媽媽。」

王母嚷：「他認得媽媽，靈犀你做什麼。」

看護連忙說：「各位靜一靜，莫嚇着孩子。」

各人只好壓抑靜下，但又忍不住爭着同弟弟說話。

七嘴八舌一時不知教他說什麼才好。

醫生忠告：「順其自然，慢慢來。」

不消數日，已經會說：「不，不」、「阿嫲，餅餅」、「大哥哥抱」、「到馬路」……

屋裏就他一個人聲音。

一日靈通睡得很晚，靈犀擔心，「叫大姐起來，不是不舒服吧。」

子隆說：「一年多沒睡好，擔心孩子，讓她睡久些。」

可憐寸草心，難報三春暉。

小小孩子耳畔扣着∩字型助聽器，把聲音直接連接腦子，附短短兩吋長天線，趣怪到似動畫人物。

有小朋友問：「可以與外太空人通訊嗎？」

大哥立刻衝上保護：「只限太陽系。」

冷淺到正式學校幼兒班上學。

一日，靈通說：「許久沒見殷師，這人怎麼了，帶八磅去探訪她。」

電話接通，秘書說：「王小姐，正想念你的好吃果子呢，殷師已經下班，是呀，有一段日子了，準五時落更，不知去何處呢，也不留電話號碼方便聯絡，還有，春風滿面啊。」

「勿要講上頭是非。」

「王小姐，你不是外人。」

靈通微笑。

「王小姐，殷師莫非行蜜運？」

「待我查清楚告訴你。」

「唷。」

她另外約一個日子。

抱着八磅探訪。

他總是比其他孩子明敏，大眼睛亮晶晶四處觀察。

一進門便說：「殷師傅你好，我是弟弟。」

殷師冷不防聽到清脆招呼，一怔，隨即蹲下，「你是弟弟？」

忽然與大眼睛近距離接觸，有點失措，隔一會才說：「你同你爸一個影子，必定是個好孩子，以後有事，儘管找我。」

給他一面平板電腦，以及一張小椅子與小茶几。

「靈通，你是吃苦的媽媽。」

「每個母親都吃足苦頭。」

「奇是奇在我們都不見得孝順。」

「生活健康，不怨天尤人，就是孝敬父母。」

「那你我都還做得到。」

稍後助手領弟弟參觀律師辦公室。

「找我有事？」

「純粹探親。」

「我以為小郭向你提起，那失蹤人口有點消息。」

「冷子興有消息？」

「是，冷子興。」

靈通睜大眼，「找到了。」

「有人見過他在湖區出現。」

「英國湖區？」

「正是，有地址呢，在溫德米爾附近一間民居。」

「誰？什麼人發現他？」

「他在該處生活近五年。」

靈通沉默。

「並不特別掩飾身份，他與一女子同住。」

「啊。」

「不，不是你想像那樣，那是一個長期病患老婦。」

「這人也到家了！」

「據看護說，那是他的母親。」

意外中意外。

「小郭已派人追上查探，我們並不是要把他揪出，只不過想與他談一談，他也該有個說法，靈通，你說是不是。」

靈通張張嘴，不知說什麼才好。

「話說明白了，靈犀方可痊癒。」

「靈犀已經忘記他。」

「你以為。」

「靈犀不會偽裝。」

「為着活下去，不得不裝個門面。」

「那也太凄慘了。」

「靈通，你是明白人。」

「大家對冷子興都沒有好感，他對靈犀殘忍。」

「可有照片。」

「在小郭處，我沒興趣。」

「得告訴靈犀。」

「你去說，你是姐姐。」

「果然，平常按時收費倒也罷了，一有緊要事，就不是姐妹。」靈通不願，「這是苦差。」

這時弟弟咯咯咯神氣走回，「媽媽，我長大也要學殷師傅做律師，她能幹，看好多書，聽好多人訴怨。」

殷師抱起他哈哈笑，「好傢伙，我會盡我所能收你為徒，把所有本領教給你。」

君子一言，快馬一鞭。

靈通抱兒子離去。

一見子隆便說：「你大哥在湖區。」

他不出聲。

「我不肯定，該處是他一直喜歡的一個地方。」

「你一直知曉。」

「沒聽你說過。」

「他叫我們不要找。」

「他母親患病。」

「老人智障，她五十歲已病發，一步一步，到最後，不認得任何人，只喃喃叫子興，他飛到她身邊，相伴個多月，想回轉，但老婦連他不復辨認，叫不出口，他便只得陪她進出醫院。」

「你一直知道。」

「那已是五年前的事，之後失聯，接着的事，也許只有小郭知道。」

「小郭為何不說！」

「他見靈犀已獲得更好伴侶，甚難啟齒。」

「我就知道你們奸詐，沒想到朝夕相見，爾虞我詐。」

子隆走近，擰靈通面頰。

「他可知我們踏破鐵鞋，上天入地那樣尋人。」

「漸漸也放下。」

靈通一肚皮氣到郭家揪人。

君子一看就知道是怎麼回事。

「坐下慢慢説。」

「你先講。」

君子輕輕説：「他本想回轉，老人卻一連發三次病，一次肺炎，送院救治，牧師已為她做最後禱告，可是，救回來，且痊癒出院。第二次腦膜炎，昏迷三日，亦復甦出院。第三次摔跤，從此不能走動，做兒子的索性放棄婚姻。小郭也都是道聽途説，消息由他組織拼湊所得。」

靈通不出聲。

「已經過去，管他是什麼因由。」

「這是冷子興逃避靈犀的藉口。」

「為什麼不告訴靈犀。」

「説是説在湖區，難道叫靈犀帶着後夫去尋找前夫不成。」

靈通不出聲。

「你此刻是冷子興正式弟婦，你應幫親妹調解。」

靈通説不是，不説也不是。

「除出你，誰也不好擔這種關係。」

靈通想了幾天，才決定把靈犀約出。

她輕輕問：「張揚仍把你盯緊緊？」

「嘿，這些日子我姿色大不如前，他鬆手許多。」

「原來是耍花槍。」

靈犀惆悵，「我還以為到白髮仍然擁有妒夫。」

「妹妹，仍想念冷子興否？」

靈犀牽牽嘴角，隔一會才説：「像他那樣的人，實難忘記。」

終於說出老實話。

「他說我纏死他。」

「你有嗎。」

「那時我年輕。」

「可也有鎖牢張揚？」

「揚不是叫女子要鎖實的男人。」

靈通一直只聽得懂靈犀所說60％。

「你去過湖區嗎？」

「曾與子興一起，在一個叫溫德米爾湖上，乘一艘叫露露貝爾的觀光小船，啊，滿山坡是水仙花，良辰美景，永誌不忘。」

靈通點頭。

她在春日也遊過湖區，她一直未敢再去，怕那印象已改，怕好景不再。

「為什麼忽然問起？」

靈通看着妹妹。

電光石火間，她明白了。

微微轉過臉，還是落下眼淚。

「我說呢，天下有多大。」

「可打算探訪。」

「人家躲起多年，想必不想見我們，我們何必自討沒趣。」

「不要賭氣。」

「嘿！」

小郭召集開會。

「這樣吧，」靈通說：「我與子隆走一趟，湖區是好地方，此刻春季，景色必然絕頂。」

子隆輕輕答：「那弟弟也一起。」

「去多久。」

「三天足夠。」

「什麼啊，來回飛機旅程就得兩日兩夜。」

「那五天。」

三胞胎聽見，聚攏，異口同聲：「什麼，弟弟去五天？不行。」

弟弟過去與他們抱成一堆。

這不能怪他們，弟弟出世以來，從來沒與他們分開過。

「去一下就回。」

孩子們已經扭動身體。

「要不，弟弟留下與哥哥們一起，我倆速去速回。」

子隆站立，「弟弟在何處，我也在何處。」

「那我一個人走。」

子隆忽然賭氣，「不行，三人一起。」

英皇喬治六世在二次大戰也這麼說：「公主們不走，皇后也不會走，皇后不走，我也不走。」彼時，希特拉的炸彈如雨下，白金漢宮被炸得一個個大洞漏水，他們一家還是不肯離國。

君子無奈，「那麼我們一家五口也一起。」

大家面面相覷。

終於，張幹探，好一個張幹探，這樣說：「你們都是不相干的人，應該由我與靈犀走一趟。」

靈犀拍案而起：「我不去，我才不演這千里尋人的荒謬遊戲。」

張揚說：「我們還未曾度蜜月。」

老媽開口：「事情也該有個結束。」

她摟着小女兒肩膀。

三胞胎中老大狐疑問：「去找誰？什麼人那麼重要，我見過他嗎，二弟，三弟，你們見過嗎？」

靈犀答：「那人不重要。」

她握住張揚的手。

張揚微笑，「既然不重要，但見不妨，你們說是不是。」

大家不好出聲。

各人都拖大帶小，不是說要走就走，只有他們兩夫妻，尚無太大牽掛。

晚上，張揚同妻子說：「各人都有藉口不去尋人。」

「你說該人有多討厭。」

「也許過些時候，我倆也得照顧幼兒走不動。」

靈犀不出聲。

「我去告三天假，你訂飛機票。」

靈犀仍不出聲。

她也為難。

「找到了，吃他一記耳光，我們放下自在。」

「哼。」

「你可想念他。」

過很久，靈犀才答：「他不是一個那樣容易忘記的人。」

「我甚想看看他真相，照說，人就是人，一頭一身雙臂雙腿，但親友都把他說成謫仙般，我一直不信。」

他們訂了飛機票。

小郭知道後很高興，「我就知道張探是個辦事的人。」

他取出一疊照片，「看，這才是好消息。」

眾人以為是冷子興近照，連忙趨向前。

卻不是。

「啊？」

是殷師，髮型剪短改了樣子，衣服也較前些時合身，看上去時髦許多。

她與一端正男子坐一起喝茶，被小郭捕入鏡頭。

「啊！？」

看樣子他們已經熟絡，兩人都春風滿面，輕鬆愉快，話甚投機。

這種感覺，絕對瞞不過任何人。

「啊！！」

「這人是誰？」

「有點面熟，快，問殷師，為何瞞我們。」

「不可，不可，時機成熟，她會自動招供。」

「小郭，你好大膽子，竟然偷拍。」

「沒法子，職業病。」

「這人是誰？」

「想一想，你們都見過。」

什麼？

大家呆想一會，無論如何想不到。

「貴人善忘，這人叫趙則棟，乃政府婚姻註冊處——」

「是他！是靈犀與張揚的註冊官。」

「可不是他，看上去老老實實，貌不驚人，沒想到就該一剎那把我們的殷師計算了去。」

「哎呀，真是緣份。」

「他有何優點？」

「噫，殷師喜歡，便是優點。」

沒想靈犀有感而發，「真是，我又有什麼好，張揚，多得你包涵。」

靈通大笑，「妹子你儘管使性子及吃喝就好。」

張揚把靈通推開。

這對夫婦，算得是相當牢靠了。

湖區春寒。

靈犀說：「你可以把宋詞中所有意境在英國湖區找到，你說奇也不奇。」

也像清明上河圖那樣人山人海。

張揚無奈之下只得微笑。

他們要找的地址在湖的另一邊。

經過碼頭，只見乘船觀光的人龍長得不見尾巴。

他們避開人群徒步繞到另一邊。

幸虧，沒有紀念品小店，沒有咖啡座，也沒有人龍，只有滿山坡水仙花。

張揚指一指最先在春季盛放的梨花，忽然變了詩人：「滿宮明月梨花白，故人萬里關山隔。」

斜坡上有幾間喬琴建築民居，豎着出租招牌，有幾個亞裔在門外張望。

一個男子咕噥：「太遠啦，乘火車往倫敦三小時，又無高速鐵路，咦。」

「只在夏季來學騎馬。」

「雪萊也有騎術學校。」

男子心意堅決，拉着妻子離去。

張揚校對一下小郭給的地址，「22B，是這裏了。」

忽然緊張，兩人在門外遲疑。

片刻，有人開門出來。

——「走了嗎。」

「還有一對夫妻。」

一位紅髮太太走出，看牢張揚：「你們也來看房子？」

張揚怔住，他以為開門出來的會是冷子興，已經拉着靈犀退後一步。

「不怕不怕，」太太說：「我們不是吃人族。」

太詼諧了，由此可見對亞裔沒有太大好感。

「我們尋人。」

「尋誰，我們姓安德信。」
張揚發獃，又撲一個空。
「我們找姓冷的華人，他，與他的老母親。」
安德信上下打量他倆，很明顯是斯文人，聲線稍低，「那可能是前任住客，我們搬進來已有三個多月，並無見過前任，也不知他去向，他搬走之前，把地方收拾得十分乾淨。」
這時屋內有人踏踏踏下樓梯，有人要外出，一看，是一紅髮碧眼少女，衣着時髦，推着腳踏車出來，看到張揚英軒，向他眏眼，又看到美麗的靈犀，吐吐舌頭，一陣風般出門。
「我女兒安琪。」
靈犀微笑，「真像安琪兒。」
安德信太太說：「愛莫能助，陌生地方找人，真不容易，你們到鎮上屋宇租售處詢問吧，我找名片給你們。」
「謝謝。」

「我們當初租屋，是與這位布朗先生聯絡。」

他們接過名片，再三道謝。

「可要進來喝杯茶？」

「不打擾啦。」

兩人失望退出。

一輛馬車上前兜客。

張揚與妻子上車，講妥車資，出發。

「有點冷。」

張揚脱下外套。

「你呢。」

經過禮品店，張揚索性下車買兩件厚毛衣與飲料。

有遊客羨慕，「可以搭單嗎，還有兩個空位呢。」

靈犀點點頭。

沒想到一共三個年輕人一起笑着跑近，一起擠上，説着不同語言，快活似神仙。

靈犀把飲料分給他們。

「好心的女士是華裔吧。」

「你好像也是華人。」

少女聳聳肩，「我不會講華語。」

張揚忽然說：「回去可要學普通話啦。」

少女笑，「是，是。」

他們在市鎮郵政局前面跳下車。

張揚咬蘋果。

「肚子餓，吃了東西再走。」

張揚指一指，「這裏有一家租屋服務。」

他們推門進去。

店裏擺着待客餅乾，他們老實不客氣取來吃，味道好極。

有人招呼，滿面微笑，「我是布朗，找度假屋？」

打開文件夾子，琳琅滿目，全是樣本。

靈犀朝那中年人笑說：「這個地址——」

「哦，我知道，現任房客是安德信家，女兒安琪是導遊，同樣屋子很多，我給你介紹，毋須一定這一間。」

靈犀說：「我們在找安太太前一任租客。」

「你們是朋友？」

「是我前夫。」

房屋中介看看張揚，「他不是欠什麼吧。」

「不，不，」張揚答：「我們不是尋仇。」

「那位先生，可是個好人，極之孝順，陪久病母親在此療養，老人終於不治，他收拾後事，隨即搬走。」

「去何處？」

「沒留下地址，但送一件名貴禮物給我們。」

他指一指一隻仿清雍正大梅瓶。

靈犀頷首。

張揚說：「萬一他再出現，請與我們聯絡。」放下名片。

「你們不想租房子？」

「只租不賣？」

「唉呀，城市人，哪耐得住天大地大的寂寞，住一會，再水明山秀也覺孤單，一下子買，一下子賣，好不麻煩，我們只辦租客。」

「可否租一晚？」

「三晚起租。」

張揚說：「我們又餓又累。」

中介見終於做成生意，相當高興，「你倆運氣好，居然有空房。」

張揚付得體小費。

「還有，我們打擾了安太太，請代我們送一大盒巧克力。」

「太客氣了，是華裔吧。」

回到小旅宿，兩人倦到連沐浴也顧不上，緊緊抱一起，相依為命蜷縮一起熟睡，半夜，靈犀彷彿還爭被褥，真沒出息。

天亮，房口部致電：「張先生夫人可要早餐。」

張揚說：「要四份英式早餐，快，快。」

他的嬌妻醒轉，忍不住笑，晨光裏，嬌妻仍是嬌妻。

「吃完早餐，洗乾淨，收拾行李，回家。」

靈犀站在蓮蓬頭下嘩啦嘩啦沖熱水。

張揚說：「我出去一會。」

「不准！不可以離開我。」

張揚微笑，「我去買些紀念品。」

「說什麼都一起。」

「這是跟子隆學的吧。」

「給家裏通一個電話，說小郭盡給假消息，回去同他算賬。」

早餐到，二人狼吞虎嚥，真正沒有試過肚餓的人，不知肚餓有多可怕。

張揚怔怔看牢靈犀，這樣狼狽的樣子都給他一覽無遺，可見這婚姻是踏實了。

他第一次見她，在報案室，小小面孔哭得紅腫，雙眼只有此刻一半大小，但仍是罕見美女，低着頭，一句話也沒有，肯定胸口已被插過數刀，不知怎地，居然存活。

才更衣，有人敲門。

打開門，原來是安琪小姐。

「打擾。」

「請進。」

安琪說：「家母多謝你們的糖果，忽然想起，上任租客有一些衣物留下，猜想是不要啦，仍然替他收拾衣袋子，待他或許來取，現在一併交給你們。」

「謝謝，對，安琪，我們沒時間買紀念品，你替我們選購一些如何。」

「唷，」她眉開眼笑，「我可是要收佣金的啊。」

「一定一定，約三十件小禮品。」

「我立刻去。」

她接過鈔票，一邊取出一隻信封，「差些忘記，房屋中介布朗給你們。」

張揚接過信封。

靈犀已打開旅行袋，將衣物取出。

大號，花格子襯衫，粗布褲腰頭足有三十多吋。

「不是他的衣物。」

「也許胖不少。」

靈犀搖頭，「我胖了嗎，你胖了嗎，君子生三胞，靈通生八磅，都沒胖，連王媽都不肯胖，都會人會生病，但不會胖。」

張揚一邊笑一邊拆開信封。

「咦，照片裏是誰，從沒見過的一個中年壯漢。」

靈犀看仔細，「他才是衣物主人。」

「越來越糊塗，走，找中介說清楚。」

「恐怕誤飛機時間。」

「有的是下一班。」

張揚拉着妻子出門。

路經小教堂，遇巧有人舉行婚禮，兩夫妻不約而同駐足，「嘩，新娘好漂亮！」耽擱三分鐘，再奔向目的地。

在大門前攔住中介。

「什麼事？」

兩人把照片取出，「這是誰？」

「咦，你們要找的人呀，安德信一家之前的租客，姓劉，叫湯劉，我忽然想到他有照片在我處，看，他送花瓶來。」

「叫什麼？」

「湯劉。」

張揚出示電話上照片，「不是他？」

中介一看，笑出聲，「這是一個明星般的俊男，一見難忘，不，不，當然不是他，咦，他又是誰？」

兩夫妻對望一眼。

一聲不響，叫了車子離去。

安琪在旅舍門口等。

「歡迎再來。」

小郭電話到。

靈犀連罵人力氣也無。

「不，不是子興，子興繼續失蹤。」

「什麼，我明明——」

「你被你那些行家欺騙。」

「誰敢騙我！」

「就是有人。」

「唉，白走一趟，向你們賠罪。」

「把兩磅過繼給我們張家好了。」

小郭啪一聲掛斷電話。

張揚見嬌妻如此活潑，倒也寬心。

打開安琪代買的紀念品，都很普通，其中一枚布織小徽章，上頭繡着寶尼斯鎮露露貝爾號，靈犀喜歡，留下自己要。

紀念品中還有用剩的鎊紙，女皇頭像，好不熟悉。

張揚說：「記憶中鎊紙又大張又結實漂亮，很厲害，可是今日觸手，又輕又薄，同全世界所有紙幣毫無異樣。」

「今非昔比。」

「不，我愛你。」

靈犀說：「我也愛你。」

也並不是白走一趟。

君子看到照片，「啐」一聲，「這回最離譜，弄一個胖子出來。」

靈通答：「我願意結識這個人，他是罕見孝子。」

君子說：「我可不希望三胞胎如此孝順，我希望他們一早滾出，組織自己家庭，有自己忙碌生活，父母叫他們，他們還愛理不理。」

靈通想仔細，果然如此。

「我們這一代，當然只得自顧，若果有一日不能照顧自己，立刻息勞歸主。」

「君子！」

「老實話一向沒人要聽。」

王媽問：「在說什麼？」

兩女連忙噤聲。

孩子們擁住她，「阿嫲阿嫲，一起出去吃冰。」

又是一個好節目。

君子說：「洋人說，孫兒是閣下沒有殺死少年子女的報酬。」

小郭接一通電話，「可有紋身，啊，身形高且瘦削，泡在水中起碼數日，看不清五官？行，我親自來一次。」

君子當然知道是怎麼一回事。

「我陪你。」

「不用，多腌臢。」

「我到公司等你。」

偵探社已有一位客人。

年紀約莫三十餘，衣著考究而低調，五官有點熟悉，是那種並不算十分好看，但卻是男子喜歡的樣子。

職員說：「負責人郭太太回來了。」

女子欠欠身。

「請坐請坐，不要客氣，有話慢慢說，別急，要喝什麼嗎？」

「你們最好的威士忌，加大冰。」

她看上去很需要這杯酒的樣子。

君子靜靜等她開口。

她這樣說：「我尋人。」

「失蹤多久。」

「三年。」

君子輕輕說：「辦妥資產分配，忽忽離婚，向前走，不回頭。」

「他沒有什麼財物。」

「那更好，從頭開始。」

女子微笑，「你們是偵探社，為何推卻生意。」

君子答：「我們把客戶的利益放首位。」

「心裏總放不下。」

「開頭會有點苦楚。」

「日子過去，會否好轉。」

「不一定，每個人不同。」

女子看看酒杯，「好酒。」

「是皇室敬禮。」

「唷。」

「可要看他的照片。」

「女士你既然特地來到，且看不妨。」

她自手袋取出照片，君子一看，笑出聲。

女士詫異。

「我知道這人，太巧了，他叫湯劉可是，這人是孝子，他並非失蹤，他陪久病老母親養病，此刻老人已經病終，他可能就要回來。」

女士打翻酒杯，「什麼！」

「本社也是受邀尋人，無意找到這位劉先生蹤跡，沒想到這麼巧。」

女士雙手顫抖。

「他有福氣，這麼久了，你還在找他。」

不過是一個胖胖不修邊幅中年人，可見各有各人緣法。

「本社可以幫你跟一跟。」

女士鼻子都紅了，連忙道謝。

「肯定想再次接受他？」

女士點頭。

「需要知道，復合成功例子不多。」

女子凝視君子，「郭太太，你真是明白人。」

「也不過是吃得虧多學的乖。」

女子再次打開名貴黑色鱷魚皮手袋，取出支票簿，開出票子。

君子認得簽名式，確是城中一位名媛。

「不一定有結果哦。」

「明白。」

送女士出門，碰巧小郭回轉。

君子揚起眉角。

小郭搖頭。

君子鬆口氣。

「醜得要死。」

任何人泡在水裏數天，都不會好看。

君子喃喃說：「猶是深閨夢裏人。」

接着的日子裏，各人安好，王母出奇康健，擁有四個外孫的人不容易

衰老。

其餘諸人，也安安樂樂，隨着時間大神安排過日子，婚姻仍然健全，孩子們健康成長。

一日，聽見郭震問父親：「爸，昨日可是已經過去？」

小郭回答：「所以叫昨日呀，過去啦。」

「這我知道，可是，昨日去了何處？不是說物質不滅嗎，去了何處？」

小郭怔住。

「那麼，明日呢，明日尚未來，可是，它一定會到，此刻，它又存放在什麼倉庫裏？」

小郭緩緩答：「這，需問愛因斯坦。」

「有一個人，寫了本書，叫《時間簡史》，他可有答案？」

君子連忙走近，「那人是名理論天文物理學家，理論：光說不做，不必理他。」

問得好。

答得也好。

且莫管時間去了何處。

人呢。

人呢人。

（全書完）

書名　人呢　作者　亦舒

出版　天地圖書有限公司
香港黃竹坑道46號
新興工業大廈11樓
電話：2528 3671　傳真：2865 2609

香港灣仔莊士敦道三十號地庫（門市部）
電話：2865 0708　傳真：2861 1541

設計及插圖　陳小娟

印刷　亨泰印刷有限公司
柴灣利眾街27號德景工業大廈十字樓
電話：2896 3687　傳真：2558 1902

發行　聯合新零售（香港）有限公司
香港新界荃灣德士古道220-248號
荃灣工業中心16樓
電話：2150 2100　傳真：2407 3062

出版日期　二〇二二年七月／初版・香港